一日心期千劫在，后身缘，恐结他生里。
然诺重，君须记。

烟味，至爱 2

最隐秘的角落里
最绝望的相思与最赤诚的爱恋

至爱烟味 / 著

九州出版社
JIUZHOUPRESS

目录

自序

后身缘，恐结他生里

三年一梦，白云苍狗。

三年前《烟味，至爱》出版，我写自序时正跟好友重游武汉，半夜火车穿越周边城市，灯火辉煌处，忽然有重生的感慨。一晃三年过去了，《烟味，至爱2》的序原本是交予另一人之手帮我完成，孰料陡生变故，这序又变成了自序。

此时也临夜半，明天我就要赶赴欧洲，开始一段陌生的旅程。听说阿姆斯特丹的郁金香正开得茂盛，罗马的许愿池投三枚硬币便预示着可以跟一个罗马人相恋一生，塞纳河边有许多静静矗立的古堡……而我竟一点也不期待。我还在那段变故里面耿耿于怀，不肯说出来也不肯走出去，一遍又一遍被迫享受着自我折磨的过程。

人啊，千万别学我，平日里该哭哭该笑笑，不痛快了就大吼一声“爱咋咋地”，好过一直守候在幸福初露端倪的时刻，不敢承认时过境迁也事过境迁。

《烟味，至爱2》是本主要讲述爱情故事的书，夜场里面的灯红酒绿、尔虞我诈、机关算尽、黑暗离奇都是辅料——多为耳闻，也有目睹。有人觉得这书没深度，看完后悟不出什么人生哲理。我能理解，却不屑于这种观点。那么多文学名著，尽管体验深邃永恒去，我只负责讲个好听的故事。只是情绪过于纤细敏感的人不适合遇到爱和性，不是嗤之以鼻就是太过惨烈，而人生平平淡淡为好。

读纳兰的"后身缘，恐结他生里。然诺重，君须记"，忽然觉得自己一直是个特别矫情的人。没记错的话，这句是纳兰送朋友的，我却觉得它更适合《烟味，至爱2》的女主人公麦小麦。

有人总在猜，孟串儿和麦小麦是不是一个人，抑或她们是不是我。但其实，再曲折离奇的故事都不是你的。且当我是个说书的，大家搬个板凳，嗑点瓜子，听到精彩的便继续，不精彩的就走人。最后故事散了，我们相忘于江湖，就这样。

故事里总有生离死别，现实中我们总得努力巴结着命运，然后各式各样地活着。这几天一不留神有几个哥们相继找阎王爷玩去了，其中有一个是选择自己结束生命的。葬礼我去了，看到他的亲人们哭得撕心裂肺死去活来，然后猛地明白，不管生活多么操蛋，都得跟丫死磕下去，因为你是这世间独一无二的你，会有人伤心，会有人哭泣，甚至会有人因为你的离去痛不欲生。

所以，不仅要活着，还要活出滋味来才好。无论痛苦欢乐都是滋味。就这一世，要懂得用时间去消磨情感。总有妮子为情所困、犯轴犯二，我还是那句话：人初二，然后才知三四五六。

我不是专业的作家，说死了也就是个业余码字的。我有我的工作和生活，在工作里，我更想做个战士。所以有人跟我说文字是可以传世的，无论好烂。我固执地用一堆烂文字讲述了我视角里的故事，也宣泄了自己的情绪，你们不嫌弃，我深感愧疚。

三年如一日，我的烟串子们为我营造了一个温暖的家，一句“谢谢”很难尽数我全部的心情。我想，我会一直断断续续地写下去，为你们，也为我自己。

那些夜场里面的姑娘们，如花似玉，个个都如解语花；而世人都晓解语花，竟不知谁为花解语。活到最后，她们许是都明白了：天地间的大富贵，都比不上夜夜的小团圆。

愿有情人终成眷属。

至爱烟味

2013年4月15日凌晨于北京

1. 差一点万劫不复

S城，夜。这个几十年前还是个破渔村的城市在近些年的政策滋养中脱胎换骨，毗邻香港广州，倒成了名副其实的大都市。高楼林立，楼与楼之间的缝隙狭窄得让人窒息；车水马龙，无论深夜抑或黎明。

这个城市，说得好听点是“包容性强”，说得通俗点叫“林子大了，什么鸟儿都有”。鱼龙混杂到一定程度，另有一群被社会边缘了的女孩子们只生活在这城市的夜里，她们永远见不到太阳。当太阳升起的时候她们在熟睡，当太阳落下的时候她们刚刚睁眼，然后对镜贴花黄，光鲜亮丽，盛装出席，出卖自己的灵魂和身体，来换取一个梦想中的纸醉金迷。

人间都会，S城最大的夜总会。北京的天上人间没倒之前，懂行的人都说“北有天上人间，南有人间都会”。这里共有200多个包间，400多个经理和不断流动着的几千个如花似玉的美女。我要说的故事，就发生在这里。这故事或许阴暗或许耻辱或许伤感，也或许有那么丁点的真情和快乐——如同酒醉之后迷乱了的快乐，但是这故事，永远见不得光。每个人都有那么点不愿意让别人知道的过去，下笔之前我犹豫了两年，揭人隐私如同揭人伤疤，而我做的，是揭人伤疤再撒上把盐。

大街上人来人往，每个人都人模人样，其中几个为人、几个是鬼？有谁长了双慧眼能看得清楚透彻？

麦小麦第一天来，已经是晚上 7 点半了，幸亏是之前化了妆过来的，头发还没来得及弄，就被拉扯着换了件金色的裙摆摇曳拖地的亮闪闪的晚礼服等待试房。这里的规矩是，新来的都穿金色礼服，呆老了的清一色红晚装。她的经理是个胖胖的眉眼有些笑模样的王姓女人，叫做王玲，真名还是假名不知道，反正这里面所有的人鲜少说真话。什么名字啊、脸盘啊、原有的职业啊、经历啊，全有可能是编的。王玲拉着小麦的手喋喋不休："从今儿起，你就是我手里的人了，你从前是做什么的我不管，每月 1000 元的管理费先交了，等会带你认识姐妹们，互相照应着，你若听话，今后有客人我会先介绍给你，你若不听话，自有咱的家法好好收拾你。对了，你出不出夜宵的？"

小麦一愣："夜宵是个什么意思？是陪完了客人喝酒还要陪吃饭么？"

王玲瞧出点意思，嘴角扯动了一下，似笑非笑地解释："夜宵就是出台，就是跟客人睡觉。"

小麦恍然大悟，腾地一下红了脸，怯生生地摇了摇头。

王玲从鼻子里冷哼了一声："也行，出不出的随你，待久了，你自然想得开。"

王玲手里一共有100多个女孩子，在人间都会算是个小经理，跟毛利静和许真那两个手里掌着几百个妞每日里订房超过几十个的经理比，实在是寒碜了点。所以王玲家的女孩子自然坐不得最大的休息室。

人间都会一共有十个包房、能容纳上百人，平日里这些房间没有被预订出去的时候被当做女孩子们的休息室。最大的包房999常年被许真占着，而888则被毛利静盘踞着，好像两条母狗已经撒了尿占了地盘一样，嗅味道就知道是哪帮哪派。

王玲家的女孩子们只能在222休息，是够二的。

不一会的工夫，穿着红色晚装做完各式发型的女孩子三三两两回到了222，见到小麦便如同见到空气，调笑嬉闹，满屋子莺莺燕燕的声音。

"昨儿李哥带我上街了,给我买了一个GUCCI的钱包。"旁边一个细眉细眼看样子有些林黛玉风骨的女孩子不无得意地跟王玲说道。

王玲一脸宠溺地点了一下那女孩的额头："就知道我们蓉蓉最有手段。"

接着王玲环顾四周，正色了一下教育手下的女孩子："你们一个一个都长点脑子，多学学蓉蓉扣点客人，别老三天打鱼两天晒网，再订不到房，可仔细你们的皮！"

后来麦小麦才知道，那个叫蓉蓉的，惯用伎俩就是上演“父亲赌博、母亲重病、弟弟妹妹要上学、自己是家里长姐自是要多多分担”的苦情戏，且演技逼真、入心入肺，每演一次必然声泪俱下，男人们是否相信倒是其次，骗了不少钱是真的。之所以说骗，是这蓉蓉身份特殊，据说爸爸是S城著名商人，家境殷实，且蓉蓉是S城最好大学的大二学生，英语专业八级，完全是好奇才来了这里。这些人的所思所想简直让小麦匪夷所思。

再后来，小麦知道，大部分的小姐骗客人的时候全这套说辞，好像全天下父亲赌博、母亲重病、弟妹要上学的姐姐们都在这里。为自己的出卖找个漂亮说辞，好像婊子就不再是婊子，变成烈女了一样。

小麦在心里暗骂：妈的，只有我父亲是真赌博，也只有我是真的在上演现实版的卖身救父。

剧情特别俗套。我也这么觉得。

小麦从前是个演员，在二三流以及各种大龙套之间来回逛游，不出名不赚钱但足够糊口。小麦的爸爸喜欢赌博，前些日子去了柬埔寨的金边，原本是以朋友请客旅游的理由出行的，却在一周之后音讯全无。就在小麦和妈妈束手无策打算报警的时候忽然收到了一段视频，视频里的爸爸脸颊红肿，眼睛充血，右手被铐在沙发扶手上，左手在跟另一个同被铐在沙发扶手上的陌生男子互扇嘴巴。当时小麦的妈妈就被吓昏了，金边的赌场要50万才肯放人，并声称五天之内收不到钱就让小麦和小麦妈妈等着收尸。

反正我是这么平静叙述的，中间有多少曲折复杂心酸委屈，只有麦小麦自己知道。东拼西凑加上全部积蓄也不过就 10 万元钱，在这个人情比纸薄的世界，谈什么都别谈钱。真的，谈钱伤感情，原本有的感情会被伤没，原本没有的感情直接被伤成负数。

万般无奈之下，小麦选择了高利贷，十分利，40 万。也就是说，每个月光利息就得四万，金边那边是等着收尸，高利贷这边是断手断脚，衡量一下，还是迫不得已舍了手脚吧。谁让自己有个这么不着调的老爷子。

这笔钱，是要还的。指不上别人，小麦开始觉得悲哀。抢劫吧，没那胆子；偷窃吧，没那技术；学周围的姑娘傍个大款，真心学不来那份子娇嗲做作。她有很多同学和朋友，经人介绍去了天上人间，半年不到小姑娘就有买得起陆虎的。但是在北京混，小麦拉不下面子，认识的人太多了，从前也装得忒清高了点，就这么着，老爷子面儿还没见上，小麦就打包来了 S 城了。

没曾想，刚来 S 城头一天，小麦就被这个城市狠狠地给了一个教训，差一点，就差一点，麦小麦就万劫不复了。

麦小麦，女，那年 22 岁，毕业于某电影学院表演系。常言道“婊子无情，戏子无义”，原本只是落个不义的名声，现在倒好，无情无义占了个全。小麦自嘲地想。

小麦并不知道依她的样貌身材气质就算在人间都会也是出类拔萃的，根本用不着中间人的引荐，直接闯上门去，大把经理抢着接收。在小麦心里，那是个汇聚天下权贵的销金窟，若要进门，似也是要有门槛的。

所以小麦在去之前就通过《S城晚报》上有关人间都会的招聘启事打了电话，电话那边的男声热情得紧，告诉小麦不用交任何费用，只要过来看看条件就可以。

就这样，小麦下了火车直接拎着箱子去了那家离F区委招待所很近的“人间都会办事处”，在一个小型的量贩式KTV里。望着那个有些破烂的楼，小麦有些疑惑：看来人间都会也就这么回事吧，不像传说中的那么金碧辉煌。几年后小麦再回想起那一天，真觉自己幼稚可笑，居然能让最低级的骗子骗去了智商。

这家KTV的二楼白天也很昏暗，地面潮湿，偶有灯光闪烁，却像不是这个世界的亮，摇晃着，摇晃着。有个披头散发的女子走过，漠然地看一眼小麦，眼神空洞。

小麦瑟缩着在那个门牌为办公室的门口来回踱着步，几次伸手欲敲门，都缩了回去。她在想：我第一句要说什么？嗨，你好，我是来应聘小姐的？

真可笑啊，就好像面前是个悬崖，再向下一步，就是万丈深渊。迈不迈那一步之间，左右为难。

冷不防门开了差点撞到小麦的头，一个圆圆脸、看起来二十几岁的男孩子从里面走出来，五官上最醒目的是那对招风耳。

招风耳疑惑地看着小麦，随即恍然：“你是打电话应聘的那个麦小麦吧？”

小麦下意识地点头。

招风耳的嘴瞬间咧开了一个夸张的弧度，左手作请状把小麦往里头让："快！快进来！"

小麦硬着头皮咬着牙走了进去，心里有种英勇就义的感觉。

招风耳拿出了一张表格，跟小麦说："先把这个填了，按理说呢，依你的这个相貌进了人间都会，一个月赚个10万20万没问题，所以中介费是5000，但电话里听说咱是老乡，打个折你给4000就行了！"

4000？小麦睁大了双眼，妈的中介费就要4000？彼时小麦兜比脸还干净，只有200元。小麦咽了口唾沫，并没有直接说话，她心里在琢磨着，她怕一旦说没钱，会失去这个机会。一个月10万20万，岂不是半年左右就会解了父亲的困境？唉，做人不易啊，连当婊子都要有门槛。听现在大学课堂上老师都讲的是个啥？就算会一大堆的艺术概论、世界文学史、微积分巨积分不也免不了这4000？

正胡思乱想间又一个人敲门，小麦被吓得一个激灵。

"外卖。"门外的声音简洁清脆。

招风耳打开门付了钱。

送外卖的是个清清秀秀的男孩子，一脸淳朴憨厚的样子，似是跟招风耳很熟悉："今儿您又吃米粉啊，总得换换样子。"边说着还边向屋子里瞄了小麦一眼。

小麦扭了扭身子，觉得好像有团火腾地烧在了脸上。说真的，那一瞬间，小麦很羡慕那个送外卖的男孩子，她觉得这世界上做什么的人都有，无论何种职业，都好过现在的自已。也许从今后，是她人生的分界点，如果说之前是一张白纸，那这条分界线上分明泼洒着肮脏的污点。

总这么想可不行，小麦自己对自己说，做什么都是一天，这种羞愧自怨也许没等赚得了钱就先被送精神病院了。开心点，就算做婊子，也要做个快乐的婊子。

招风耳打开了外卖的盒子，一股子米粉香味扑鼻而来。

小麦舔了舔嘴唇——她已经一天没吃东西了。那 200 元压根不敢动，是打算实在饿极了再买包方便面的。胃和肠子显然也闻到了食物的味道，疯狂蠕动以示抗议，小麦又咽了一口唾沫：他吃了，他开始挑起筷子吃了，拌着些辣椒酱，那碗米粉一定是世界上最可口的，能吃到它可真幸福啊。我敢保证，麦小麦那瞬间眼睛里绝对没有招风耳，只有那碗充满诱惑的米粉。

小麦瞪着那碗米粉，就那么瞪着。

招风耳转头看了眼小麦，抱歉地笑笑：“对不起，我还没吃饭，你不介意吧？”

小麦再次咽了口唾沫，并不说话，瞪着米粉。

估计那眼神太有杀伤力了，招风耳的筷子挑着米粉都不敢下口了，他停顿一下问：“你，不会没吃饭吧？那个……要不要也一起吃点？”

小麦眼神中透着最真诚的渴望：“真的？我可以吃吗？”

招风耳点点头：“但是……只有一双筷子。”

没听见啊没听见，小麦抢过那双筷子狼吞虎咽地吃着那碗米粉。整个过程基本可以用风卷残云来形容。连渣子都没放过，汤汁都没放过，是的，全吃了，一口都没留给招风耳。

吃完后小麦抹抹嘴，绽开一个最灿烂的微笑——她是由衷感谢招风耳的，在最饿的时候有人肯分碗米粉给她，算不算恩惠？

小麦笑得眼泪都快出来了："对不起，小哥哥，我实在太饿了，一口都没给您剩。"

招风耳估计看傻了，他看小麦的眼神很奇怪，充满了怜悯、疑惑、同情，还有一丝丝说不清道不明的复杂在里面。

小麦伸手微笑着："把表格给我吧，我来填。"

招风耳没动地方，手里按着那张本来要给小麦的表格。

小麦偏了偏头，以为他没听见："把表格给我吧！要身份证么？"

招风耳仍然没动，他不再看小麦，而是盯着那张表格。屋子里一下沉默下来，呼吸的声音都听得到。约莫过了半分钟，招风耳像是作出了什么艰难的决定。

他深呼吸了一下，转头对小麦说："一会我带你去个房间，你只说你是我表妹、亲表妹，是来找我玩的，千万别提应聘的茬，知道么？"

小麦心里充满无限疑惑，但招风耳的话中有种不容置疑的肯定。

她点点头。

招风耳强调了一遍："记得，什么都别说。"

小麦再次点点头。

招风耳把小麦带进了另一个房间，里面有四个男人，五大三粗，虎背熊腰。为首的光着膀子，身上布满文身，肚子上的肥油都快流出来了。他见到小麦刚要站起来，招风耳急忙说："大哥，大哥，这是我老家来的表妹，来找我玩的，自家人，嘿嘿，自家人。"

肥油有些失望，狠嘬了口唾沫，骂了句粗口："操，那个叫什么麦的不是说今天来么？"

招风耳身子一僵，赔笑道："不知道啊，这玩意谁说得准啊，不来咱也没办法不是？"

小麦僵坐着，连呼吸都是屏着的，她似乎嗅到了一种危险，只是她还不知道具体是什么。

此后的两个小时，小麦从如坐针毡到麻木不仁再到恍若隔世。

原来这是伙骗子，专门骗如小麦这种想要去人间都会却不知道门路的女孩子。来的女孩子无一例外，先被轮奸，然后被抢劫一空，再被送到他们手下的KTV卖淫；卖淫所得如数上交，人身受到严密控制，求生不得，求死不能。也有能跑出去的，却都因为过于不堪的原始目的不敢或者不愿报警。

肥油吹嘘着前天有个女孩子过来应聘，他们四个人轮奸了她并抢走了她的包扣了她的身份证让她在这个KTV里卖淫。那些肥油炫耀的细节让小麦正坐着的腿不住颤抖，她要强行把手压在上面，她怕他们看出破绽。小麦甚至还编造了些跟“表哥”小时候的故事，而在肥油每次打量般看着她的时候，她都有种被扒光衣服的感觉。话里话外小麦听得出来，招风耳在这个团队里面并不是核心，撑死，丫也就是个狗腿子、小跟班。

直到重新走出那个阴暗的 KTV，小麦都不明白自己是如何逃脱一劫的。阳光直射到身上，那么锥心的温暖，小麦裸露在外的脸和颈子起了一层不小的颤栗。她大口大口地呼吸着，周围人行色匆匆，并没有人停下来看她一眼，也没人明白这姑娘刚刚从怎样危险的境地里逃了出来。

或者，骗子也有残存未泯的良心？或者，小麦那一瞬间的真实单纯打动了骗子？谁知道呢，人的情绪瞬息万变，哪怕一天 24 小时之内翻天覆地也并不稀奇，早晨也许很确定的事情，到了下午或许犹豫不决。所以希特勒在演讲的时候大多选在黄昏，他认为那时候人的心理最脆弱，也最容易被蛊惑。

临走的时候，招风耳送小麦下楼，两个人都静静地，一句话都没有说。到 KTV 的出口时，小麦几乎是狂奔出去，好像后面有可怕的妖怪，跑了大抵有几十步远，又折了回来，招风耳困惑地望着她。

小麦深深地鞠了一躬：“小哥哥，谢谢你。”这谢其实很荒唐，谢什么？谢谢招风耳没骗自己？只是刚从那种境遇里出来，小麦只想说谢谢。

招风耳颇有些不好意思，连连摆手压低声音说：“谢倒不必了，只一点，你不可以报警，你若报了警他们会杀了我的。你打车直接到春风路上的人间都会，凭你的相貌条件会有大把经理抢着收你的。”

小麦点点头。说实在话，报警这事，招风耳若不提，小麦根本想不起。那时候的麦小麦不比后来，张扬跋扈，呼风唤雨，那都且等着时间事件磨呢；这当口的小麦懦弱胆小，骨子里那份聪明伶俐被这城市强大的陌生的气场压着，发挥不出来。

2. 一巴掌打出的倔强

“王玲！听说你们家来了位演员，赶紧借我用一下，国哥又来了，试了我手里的几乎百来个女孩子全不中意！”一位长得像女版吴孟达的满脑袋爆炸式小卷的黑胖黑胖的女人风风火火地闯进222。

王玲弹着刚涂好的鲜红指甲斜跨着腿靠在沙发上眼都没抬就对小麦说：“小麦，跟你真姐去吧。”

小麦糊里糊涂地站了起来，还没等说话就被许真拉着跑了，许真的黑色小高跟踏得人间都会大理石的地面“哒哒”地响。

后来小麦才知道：许真，真名不详，40上下的年纪，已经浪迹夜场20余年，手里带着800多女孩子，人间都会平均每天有一半的包间是她和她的助理订下的，是老板都要让三分的人物。

小麦心里这个嘀咕：不是说老鸨都是由妓女混上去的？

这个真姐就算年轻 30 岁也半点姿色不会有，是什么样重口味的能喜欢这样的妓女在身下蠕动啊？莫非当年选了真姐的全是喝醉了不省人事的，只要是人长着生殖器剩下全不计较？

嘀咕归嘀咕，许真只说了一句话，小麦就知道这货在这是个角色，说好话总没错吧，小麦边跟着一溜小跑边乖巧地说："真姐，您的小靴子真好看。"

许真得意地笑了笑："你还挺识货，这是意大利买的，花了老娘六万人民币。"

小麦吐吐舌头："真姐真是懂得讨好自己，我叫小麦，新来的，还请真姐多多照顾。呃……那个，真姐，我不出夜宵。"

许真没回答，直接给小麦推到了 415 的包间里，小麦一个踉跄差点跌倒。

"国哥……您不是最喜欢艺术，这个小姑娘刚来，是个小演员呢，纯得很，您看看满意不？不满意我再给您挑。"小麦被许真那故作娇嗲的声音激起了一身鸡皮疙瘩。

415 是个小包间，总共就能坐下十个人左右，四个男的三个身边都坐了红色晚装的女孩子，为首的那个小手指上有一 VERSACE 四面镶钻的黑色尾戒，头发乱蓬蓬的，年纪大概 50 多岁，正皱着眉叼着烟吐烟圈。这个就是那国哥了吧？小麦心想，忽然有点紧张，一口气提上来竟不知道怎么呼出去。

除了这几个人外，房间里还有一着蓝色晚装的"公主"，公主就是看房的，负责端个茶倒个水点个歌什么的，一般都是哪个经理订的房间谁定公主，公主所收小费跟女孩子们一样，500元起底上不封顶，末了也一样给经理提成。所以某些眼看着今晚坐不上台的女孩子们都抢着做公主。

国哥继续吐着烟圈，并不理许真，低头冷着埋怨："许真，你这生意是越做越不上心了，我喜欢什么样的，你挑了这么多还没挑明白。"

许真连忙赔笑："是是是，我的不是。那谁让您眼光高呢，快瞧瞧，这个满意不？"

国哥大手一挥，看也没看："送出去，不要！"

许真一撇嘴，看样子是有些不耐烦，但那不耐烦转瞬即逝，她冲着小麦喊了一句："愣什么愣，出去！"

麦小麦哪里受过这种耻辱，就算曾经在剧组人微言轻再不受尊重也不似这般被人嫌弃，她咬着嘴唇，从牙缝里蹦出来一句："不要就不要，谁稀罕！"我发誓小麦那时候绝对忘了她爹在金边的事情，绝对！

许真眼睛都瞪大发了刚要出言训斥："哎？你怎么能……"

国哥忽然抬眼看了看小麦，眼里居然似有意外，并且还是略带些惊喜的意外。

小麦狠狠翻了个白眼，转身就要走。

国哥迅速站起来扯住了小麦的手，小麦这一回头就顺着桌沿撞进了他怀里，小麦心里又惊又气，推开被拉住的手大声问他："你干吗？别动手动脚的！"

许真张大了嘴，估计是没见过这样的，一时之间居然说不出话来。

国哥没再伸手，只是颇感兴趣地笑笑："哟，脾气还挺大！行了，真儿，没事你出去吧。"

许真忙不迭地笑着说："小麦，好好陪国哥，国哥大方着呢，你啊，是人间都会头一遭被国哥看上的人。"说完就一阵风似地走了。

小麦咬着嘴唇硬撅撅地站在大理石的桌子对面，也不坐下也不说话，眼睛看着地上，直蹭脚尖。

国哥瞧见小麦这样子，倒扑哧一下乐出来，拍拍自个儿身边的沙发，用胳膊肘子推了推旁边的男人："滚，往那边点，给姑娘腾个地儿。"旁边的男人忙不迭地应着硬给小麦挪腾出来大体也就够半个人坐的位置。

国哥一咧右嘴角略微上扬，笑模笑样地对小麦说："过来，刚才是我不好，坐我身边。"

小麦心里一万个不乐意，这会子倒是记起她那不靠谱的爹了，只得磨磨蹭蹭地坐过去。

"会喝酒么？"国哥边用几瓶苏打水兑着皇家礼炮边问小麦。

还是喝醉吧，喝醉了就能忘了身边是谁也能忘了自己在哪，喝醉了也能迅速拉近跟身边人的距离，什么拘谨矜持拿不起的放不下的，一醉也就解了。小麦心里这么嘀咕着，拿起杯子自己倒了一杯没兑的纯的皇家礼炮对国哥说："你要是跟我喝酒，就别勾兑些其他的，刚才你不是说，是你不好，道歉也要有个诚意，我先干了，你随意！”说完一仰脖子，咕咚咕咚三口不到，一个小口杯的纯洋酒空了。这句话加上这个动作一气呵成，却硬生生地就这么扔在众人面前，所有人的嘴巴几乎都张成了O型。

国哥舔了舔嘴唇，眼睛瞪得快能全看见黑眼仁了，随即周围爆发一阵哄笑声，国哥身边那男的一口酒直接喷出来了，他笑着拍拍国哥：“行，你眼光独到，我没见过这样的。”

小麦纳闷地看看他们，暗自合计：“笑什么笑啊，有那么好笑么？”

国哥摸了摸额头上的汗珠子，像是豁出去了一般学着小麦的样子也倒了杯纯的狠狠咽了口唾沫之后干了。

接下来的一个小时，小麦跟国哥两个人喝了一瓶皇家礼炮，小麦的头早晕了，国哥也基本差不多，两个人絮絮叨叨不知道说了多少话，连国哥小手指上的黑色尾戒也不知什么时候跑到了小麦的手上。但他行为上一直没放肆，拉那一下被小麦推开后再没碰过一手指头。

“小麦……你真有意思，还真是这独一无二的活宝，你经理是谁？下次我给你订房。”国哥舌头有点卷。

“王……王玲。”小麦也好不到哪去。

国哥大手一挥：“去，把王玲叫下来，我得问问她怎么教出来你这么个宝贝。”

现在回想起来，小麦真的是太不懂规矩了，她真的就把王玲叫了下来，王玲满脸堆笑给国哥递名片跟他搂搂抱抱地唱歌，可是小麦没看见，看房的公主脸都变了，躲在卫生间里给许真打了个电话，不一会的工夫许真就踩着那意大利的小靴子一阵风似的过来了。

许真进门没理王玲只是很礼貌地跟国哥敬了几杯酒，夸小麦伶俐又漂亮："小麦，能替姐姐陪好国哥，姐姐得好好谢你，你出来，姐姐有话跟你说呢。"

麦小麦踉跄地迈着八字步晃晃悠悠地跟着许真走到四楼拐角的地方，站都还没站稳，只听"啪"的一声，一个响亮的大耳雷子照着小麦的左脸左下巴左脑子扇了过来。

小麦酒登时就醒了一半，耳朵被震得嗡嗡响，估计脑子也受了点共鸣，一起响。小麦心口突突地直跳，她并不知道自己如何招惹了许真。

许真晃晃手腕子，指着小麦，声音不大却有不容置疑的压力："麦小麦，你是刚来的，我不跟你计较。下次记得，我的房间我的客人允许你进，但不允许你的经理进，还有，若你扣了我的客人，让我抓住，你可以打听一下我的手段！"没容小麦分辩，许真又满面春风地走了。走廊里路过的一些红色晚装金色晚装的姑娘以及黑色西服套装的经理看到这一幕好像司空见惯，既没有人同情也没有人鄙视，只是很漠然地很漠然地走过小麦身边。麦小麦咬着牙，左脸火辣辣地疼痛。这一巴掌却打出了小麦心里最深的倔强，还就不信了，连个婊子都当不好？

后来小麦才知道，经理有送酒送果品送时间甚至必要的时候送房间的权利，这样更容易留住客人，而客人的普遍心理是鲜少给这里的姑娘们订房，因为觉得给经理订房更有面子。许真以敏锐的直觉认为小麦是个有潜在威胁性的人，所以那一巴掌纯属警告，当然，日后小麦在人间都会的叱咤风云是连小麦自己都想不到的。很想回到那个最初的时候，问问许真，若是这巴掌扇出了后来的小麦，当时是不是会选择默然不语。事情总是无法回头，迈出去的那一步，永远都收不回来。

那一晚上光陪聊国哥给了小麦 2000。小麦跟许真撒了个谎说只有 500——不是她存心，只是真的太缺钱了，把王玲的 1000 管理费交上，额外给了许真 100 的抽成，小麦还是有些不可置信，就这样，这么简单，900 元就到手了。一张一张的红色老人头附带着人世间最不可思议的魅力。

麦小麦以为这是行情，但第二天坐在 222 再次见到王玲的时候，她的态度忽然来了个 180 度大转弯，小麦才知道，500 元才是行情，而出夜宵的包夜的行情也就 2000 元。

王玲的眼睛快能眯成一条缝了，本来她就胖，眼睛被挤在五官的中间，现在拼命咧嘴笑几乎只能看见睫毛了："小麦，坐我身边。"——只有前晚表现最好的姑娘才有资格在第二天晚上坐在王玲身边。周围的姑娘们都在忙着化妆、做头发、换衣服，在这些事情的间隙中，小麦能感觉凭空扫射过来的嫉妒的眼光。

王玲像摸一只小狗一样摸着小麦的头："昨儿见到你，就觉得你跟我投缘，瞧这小眼神，连不说话都勾着人呢。小麦啊，好好在姐这干，将来你好儿多着呢。"

小麦乖巧地点点头。只字没提昨儿挨巴掌的事。

没想到王玲却开了腔了："昨儿你被打的事我听说了，麦啊，不是姐不护着你，扇你的脸其实就是扇我的脸呢，但是许真这人太霸道，在这霸道好多年了，你刚来，我不好为你撕破脸的。但是，我心疼……"

说着说着王玲竟然抽搭起来，看着王玲瞬间奔涌出来的眼泪，小麦一瞬间有些莫名温暖，她拍拍王玲的手安慰道："玲姐我知道。"

王玲忽然站了起来，擦了擦眼泪环顾四周厉声道："以后许真的客人你们照扣，谁能挖过来她的客人，姐免她三个月管理费。"

"真的？玲姐可说话算话？"门口忽然冒进来一个穿白T恤牛仔裤戴着闪亮的嘻哈帽子的女孩子。

这女孩子一进来可了不得，王玲那本来就挤成一条缝的眼睛这回彻底连睫毛都看不见了。222的房间布局是整个大厅围成大概能坐七八十人绰绰有余的半圆形沙发，原本拥挤着的女孩子们忽然自动把沙发一个大角腾了出来——能坐五六个人的位置吧。而这个小麦昨天并没见过的女孩子则当仁不让地坐在那儿，稀里哗啦地倒出自己化妆的刷子、眼影、唇彩、一双流苏的水晶一般的足有十厘米高的高跟鞋以及奇奇怪怪的许多女孩子的东西开始勾勾画画。

王玲哈哈笑着，似乎忘了刚刚还跟小麦这儿上演苦情戏码呢："当然算话，不过这话也只有你敢问，你终于想到要晃悠着来上班啦？"（这里的人都管如此这般叫上班，真真为全天下上班族一大哭。）

“想你了呗，再说也想众多姐妹啊。”说完这话她忽然抬头，直直地盯向小麦这边，而小麦也恰巧在打量她。这女孩能有173cm，跟小麦差不多高，不是特别瘦，可是很有味道，紧致的白T恤包裹着的高耸的圆圆的胸脯引人遐想，腿略成椎型，却恰到好处地性感，眼神里透着说不出来的活泼和明朗。最紧要的是，她没有换晚礼服的意思——旁边蓉蓉小声对小麦解释道：“她是咱们家唯一可以不用穿工装的，她很牛，从不出夜宵，但每个月的收入在30万左右。”

30万？？30万！！小麦心里一惊一乍，面上却是没露，这个神奇的地方发生什么都不奇怪。

“玲姐，她是新来的？叫什么？”坐在小麦斜对角的“她”开口问道。

“你好，我叫麦小麦，初次见面，以后还请多多照顾。”没等王玲开口，小麦一字一顿略带尊敬地开了腔。

“她”一挑眉，眼睛里似有一丝小小的暖意，把手中的眉笔摔在了沙发上，径直走到小麦身边伸出手来：“别那么客气，我叫卓一墨，以后叫我墨墨就可以，今儿我留了房了，是个S市的地产大户，你一会甭跟她们一起试房，挤得慌，直接跟我进去，他们若有中意你的，留了就是。”

小麦转头看了看王玲，见后者一直微笑不语，赶紧点点头。

蓉蓉不满意地半嗔半怪地拉着卓一墨的手来回摇晃，语气里竟有跟男人撒娇的模样，甜腻腻的：“一墨姐，你好不够意思，小麦刚来你就这么照顾她，人家都几天没钓大鱼了嘛。”

卓一墨笑笑说：“好啊，那你今儿要是没活的话就来看我的房，但是说好了这拨客人给公主的钱就是500，不会多也不会少，我那100你必须照付。”

蓉蓉这才重又开心起来：“这还差不多。”

其实平心而论，试房不是个值得炫耀的事情。一字排开八人一组，像货品一样供人挑选，有的人嘴角咧僵了也不会有人多看一眼，那帮钱袋子鼓鼓的男人碰上素质好的还说得过去，最有些个也不说点了谁坐身边，挨着个的摸一下捏一把，就好像这样他能多块肉。也有的心情不好或者不好意思先点的时候大手一挥就换到了下一组。女孩子们若有自己的客人预订了房间，这一个晚上就可躲过试房一劫，还有权利优先向客人推荐哪一位，当然也有权利指定本房间看房的公主。不是人人都有小麦的运气一晚上拿到2000块，更多的人一晚能赚到应赚的钱，就很不容易了。当然，出夜宵的那一部分除外。

不过可惜的是，卓一墨的客人没看上小麦，话还没说一句就礼貌地把小麦请出来了。卓一墨很过意不去，拉着小麦的手急着解释：“你这样的他们都看不上，估计是刚来，一会你再来试试，真是对不起……原本以为你一定……”

“谢谢你。”小麦平静地说。

卓一墨似乎没听到：“你说什么？”

小麦笑了笑：“我说谢谢你啊。”

卓一墨也乐了，她自嘲地摇了摇头："小麦你知道吗？我来这五年了，这是我第一句听到的'谢谢'。这里的人啊，你就是为他们做再多，他们都觉得是应该的。"

这是什么地儿啊？小麦又一次在心里哀嚎。

卓一墨用另一只手拍了拍小麦的肩："我看不错人，今后，你就是我在这儿的好姐妹了！我不跟你多说了，有空我们去喝茶。"

这就赚到了一个好姐妹？一句谢谢？爹妈讲的有礼貌还是有点用啊，应该考虑下次把什么"你好、对不起、好久不见"之类的也都用上。

3. 天生做这行的料

小麦踩着一双豹纹的小高跟双手拖着金色的晚装踢踢踏踏走在回 222 的路上，正琢磨着今晚肯定要试房又想着这路面怎么这么滑，一晚上不知道要摔倒多少个穿高跟鞋的姑娘，下次不如偷懒穿拖鞋好了……没留神前面的路，一头撞进了一个男人的怀里。

而这男的显然已经喝得有点不省人事了，被小麦这么一撞直接坐地上了，抬头看小麦的眼神都是迷离惺忪有点睁不开的醉鬼样，他歪着头看着小麦。

小麦吓得赶紧把他扶起来连声道歉："对不起对不起先生，您在哪个房间我送您回去。"

这男的倒没有责怪什么，只是没头没脑地冒出来一句："你……干吗勾引我？"这舌头卷得能当井轱辘了，随着一口酒气喷在小麦脸上，小麦几乎摇摇欲坠了。

小麦边费力像拖一条死狗般把他从地上拖起来边苦笑

摇头道："我哪有心情勾引你……哎……你能不能也使点劲啊？"

"你……你没勾引我……你飞到……到……到我怀里干吗……"

小麦不再说话——被压的，这个醉鬼把全身的重量都压在小麦一个人身上了，把姑娘压得脖子上青筋暴起，真想把这男的扔回地上算了。要说麦小麦这性格，多管闲事到不行，这种人活得最累了，屁事都往自个儿身上揽，该甩掉的时候又不懂得甩，所有的都端着，手纹都比别人多长好几道。

"哎？这不朱哥么！来来来，交给我就行了。"毛利静不知道从哪窜出来把小麦吓一跳。原本就凌厉的丹凤眼勾挑了斜上 45 度的眼线，晕染了些桃红色眼影，一双柳叶眉画得长齐眼角，菱形小嘴上的颜色艳红艳红，霓虹灯下整个妆容精致得无可挑剔。

前儿有说过这人间都会并列的两位出了名的经理就是扇小麦那一巴掌的许真和现在的不速之客毛利静，许真是仗着自己订的房多、人脉广，以及奇了怪的就是挖不走的客人纵横夜场。毛利静嘛，人间都会的东家跟她是姘头，所以在这里人人都要让她几分，而她呢，飞扬跋扈惯了，很少正眼看人，对手里的女孩子倒是极好，有人曾亲眼见过因为女孩得罪了某权贵她掌掴女孩，等该权贵走后她自扇巴掌谢罪，登时把手里的女孩感动得服服帖帖，这个故事众多版本越传越广，毛利静手里的女孩也越来越多。

但是现在对于毛利静来说，小麦不属于她正眼看的那部分人。小麦虽只来了两天，可除了王玲外，她也就识得两个经理，包括眼前的这个。

乖乖，这男的什么来头，毛利静从不亲手扶客人的何况喝得这么醉，万一吐身上今儿一晚上多晦气啊。忘了跟你们说，夜场行走的人特别讲究封建迷信这一说，家里一般都供奉着各类佛祖神仙，平日里规矩也甚多，什么不能踩井盖，不能参加丧事，还有条最奇怪的——不跟生理期的女子在一起。所以谁生理期都会知会一声各位姐妹，好让大家少沾她的霉气。

可现在，她要推开小麦亲自扶这醉鬼，边扶还边叨叨："朱哥您怎么喝这么多啊？也怪我了，应该一直照顾您的，偏您也知道我手下房多……哎，您慢着点儿……"

小麦往天上翻了翻白眼暗忖道：虚吧你就，反正人家喝多了也听不到，说那玩意自己信不？

想归这么想，小麦乐得推开一个大麻烦，谁想身边这位醉鬼兄不高兴了，也不知哪来的劲儿一把推开毛利静，推完之后自己差点没站稳又顺势倒在小麦身上："滚……一边去。"小麦一个踉跄差点摔个马趴，只得重新又扶着已经推出去的大麻烦。

毛利静眼睛里有一闪即逝的不愉快，能有三分之一秒吧，旋即又微笑了起来挥手道："哎呦，你是哪家的姑娘，看来朱哥喜欢你，他在888，麻烦你送他过去。"边说着边走到小麦身边，用牙缝里挤出来的只有小麦能听见的声音说："要是敢扣他，当心你的皮。"

小麦苦笑不置可否。眼前这货居然连毛利静的大本营888都占了，看来今儿她家的姑娘只能去大厅休息了。到底是什么来头，小麦越来越好奇。

888里已经乱成一锅粥了。能有30多个男的，还有比这数量多三分之一的女的，基本全喝高了，唱歌的走了调了还拿着话筒胡乱挥舞，估计丫以为拿的是把关公刀；喝酒的有两两一对抱着哭的，还有两两一对抱着笑的；跳舞的闭着眼睛很迷幻，头摇得让人看了眼晕；玩色子的不叫数字开始划拳了，什么五魁首六六六全出来了；还有发表演说的，拿着话筒站在桌子上，禁止唱歌的人唱歌，反复只说一句话："大家听我说，我只说一句话。"他是只说这一句话，但没人听他的。

当然这是小麦进来之前，小麦扶着朱大麻烦一进门，一群男人拥上来，有帮着顺气的，有端茶倒水的，有要从小麦身边接过来人的……七嘴八舌小麦听不清他们说什么。

"哥，哥你怎么了？"

"哥你没事吧？"

"哥我刚才出去找你好几圈你这急死我了。"

…………

身边这朱大麻烦也奇怪，固执地就赖在小麦身边，八爪章鱼一般手脚并用地纠缠着小麦，还真不是猥亵，小麦感知不到半点欲望，如同一个溺水的人拼命想抓住一根救命稻草。并且，他变成了一个复读机，从跟毛利静说完那句"滚一边去”，除小麦之外谁碰他他跟谁重复这句话。后来大家也都看明白了，这朱大麻烦是真喝多了，也就索性各自娱乐自顾清闲。

可苦了小麦了，身边的这位一直在吐，吐了一堆黏糊糊酸了吧唧让人闻了想跟着吐的东西，他的五官基本没浪费，嘴和鼻子在喷吐，眼睛在流泪。小麦让公主拿了十盒纸巾，现在就剩小半包了。这哥们终于消停了下来，斜靠着小麦的腿在震耳欲聋的嘈杂声中睡着了，间或像个孩子一样嘟囔着：“我难受……难受……胃……”然后侧个身继续拿小麦当枕头呼呼大睡。

麦小麦的金色晚礼服上斑斑驳驳的都是那货吐的痕迹，头发也早乱了，妆估计也花得差不多了。小麦可以推开他的，但在那些陌生的躯体的群魔乱舞中，在灯光闪烁的吵吵闹闹中，在周围人的置之不理中，小麦觉出了人世间的冷暖。这男人，该是有权势的吧，否则别人不会如此殷勤，但他还没失势呢，只是喝醉了酒，照顾他的仅有一个素昧平生的……小姐？小麦自嘲地笑笑，心里想着，今晚一个被遗弃的也许很显贵的你，跟一个清醒却能照顾你的小姐，算是一种奇特的缘分了吧，人说百年修得同船渡，这缘分要比百年还长一点。

原本很沮丧的事情，小麦想着想着也就释然了。人间都会的第二天，麦小麦开始觉得，人生如剧场，许多序幕许多落幕，而夜场就好像一段一段没头没尾的折子戏，从天而降的人上演着无法预知的故事，也算另一种精彩。当然，小麦没想到接下来的一天更加意外，直接而迅速地把这个刚来人间都会三天的连新人都算不上的姑娘推到了一个人人皆知的风口浪尖上。

麦小麦当天是怎么睡着的忘记了，反正她醒来的时候桌边放着500元钱，腿上那货还在瞌睡，周围的人全部走光了，留下一堆狼藉，公主和清洁阿姨正在收拾东西。小麦看了看表，凌晨3：20。困得不行的小麦靠着沙发继续昏睡过去。

天蒙蒙亮的时候，小麦觉得腿上一松，瞬间麻木的感觉铺遍整个感官，大腿血液迅速回流导致肌肉受不了发出一阵一阵电击似的抗议。小麦马上睁开了眼睛。

朱大麻烦显然已经摆脱了“麻烦”这一称呼，连眼神都变得不再浑浊。这人40多岁，身材适中，一米七五左右，一字眉，高鼻梁，眼睛不大，现在看来却透着股不怒而威的光，正抿着嘴坐在小麦对面上下打量着她。

小麦轻轻敲打着正通着电的双腿，淡淡说了一句：“你醒了。”便试图站起来拿着桌边的钱往外走。

“我叫朱亮，真名。我开车送你回去吧。”

小麦疲惫地摇了摇手并没回头，缓慢地向门口一小步一小步艰难地移动：“我就住马路对面，甭送。”

“那你叫什么啊，小费给了吗？”

“麦小麦。”小麦脱口而出，然后愣了一下——这里的女孩子通常会给自己起个花名，因为她们幻想着将来的人生还能清清白白重新开始；尽管有人在这里，一混就是半辈子，从小姐混到助理然后混到经理，牛逼点的自己再开一个夜总会重新看着别人混。因为这个地方的钱太热太快了，习惯了这种赚钱方式的人好像慢性吸毒一样，再过回粗茶淡饭朝九晚五的生活已经不习惯了，所以有些事情，不是无心开始，只是没力继续。人是充满惰性的动物，要改变已经习惯的，需要的勇气不是一点半点。这道理是小麦很久之后才悟到的。

晃了晃已经酸痛的脖子，小麦不想再说任何话。

麦小麦住的地方跟人间都会就隔着一条马路，都在春风路上。整个一栋楼都是木板子隔出来的板房，小麦的房间连洗手间都算上只有 12 平米，月租金 1200 元，可以没有押金但要提前支付。小麦跟房东讲好了三天之内凑齐，并且下不为例。

这是整个 S 城最繁华的路段，寸土寸金，但也是 S 城白天最安静的地方，因为几乎所有大型的夜总会 KTV 都在这条街上。

等电梯的时候一小屁孩正在欺负一只大概只有 1 斤左右的黄色小猫，它毛茸茸的，不是很脏，但很瘦。十月 S 城的天，楼道里已经开始灌寒风了，寒风下小猫在瑟瑟发抖。

小麦心生怜悯，把孩子赶走了。谁知这小东西误以为小麦就是救命恩人，来回蹭着小麦的脚，边蹭边“喵呜喵呜”地叫唤，可怜巴巴望眼欲穿的小眼神就那么勾搭着小麦。

小麦一咬牙把小猫抱起来了：“好吧，既然你没人养从今后就跟着我吧，你叫毛团，知道么？”

毛团把头蹭进小麦怀里，拿带刺的舌头舔小麦的脸。

小麦胡乱喂了毛团些牛奶，看着它喝足了愉悦的一条缝的眯眯眼，忽然生出些相依为命的感慨：要是将来，赚够了钱，还上了债，就离开这座城市，到时候毛团也应该长大了吧……不想做让自己眼睛过于湿润的幻想，小麦倒头又昏昏睡去。

晚7点半，小麦早早地到了222。令人惊讶的是王玲和毛利静都在，王玲眼神里掩不住的得意在拼命克制的伪装中几近迸发，而后者用咬牙切齿、面目狰狞来形容也不过分。

小麦站在门口，看到这架势并不走过去，有了许真那一巴掌，小麦不愿意再挨回打——倒不是怕，而是不值得。她只冷冷地盯着毛利静，不打算开口说话。

毛利静也并不过来，远远地指着小麦的头眼睛似能喷出火来："我不是跟你说了，要是敢扣那位姓朱的客人，让你……"

"当心我的皮。"小麦把话接了过来。

毛利静狠狠瞪了小麦一眼，冷哼了一声："好啊，你还记得。朱哥要我不许难为你，我不会难为你的，你很好，以后，你好多着呢！"

这话用这种语气说出来，谁信谁脑子有问题。但是小麦可管不了以后，她连现在是怎么回事还糊涂着呢。

毛利静说完就走了，临走不忘用那杀气凌人的丹凤眼剜了小麦几下。

小麦疑惑地问：“玲姐，怎么了？”

王玲一把拉过小麦再次像摸小狗那样摩挲着小麦的头亲热道：“你竟是个天生做这行的料！”

我的天，有这么夸人的么？小麦直翻白眼，心里嘀咕着：你才是天生做这行的料。你们全家都是天生做这行的料！妈的，你们村夸人都是这么夸的？

王玲接着说：“毛利静最得意的朱哥，今儿竟给你订了房，并且是大房，888，这个房间一晚上消费就得过五万，这还不算女孩子们的台费。快选个你瞧得上眼的做看房公主！”

王玲居然用了“瞧得上眼的”这几个字，好像只有小麦“瞧得上眼的”才是有生存价值的，在那一刻王玲用这几个字把小麦拉到了跟她一个级别——至少在这个晚上。

而王玲又说的一句话让小麦彻底震惊了：妈的，还有这么花钱的！

“小麦，朱哥是存心要捧你，他说了，今儿晚上咱家的女孩子，有一个算一个，只要愿意在888玩的，全算在他账上。”

小麦的心里“咯噔”一下子，这是第一次感受到实实在在的金钱的震撼力。朱亮的潜台词是，因为小麦一个人，王玲家的100多个女孩子今晚全部都有小费可以拿，包括坐不上台出不了夜宵被剩下的。按前两日的数量计算，最少也要60多个。算上酒水差不多就小十万了。一个晚上，仅几个小时没实际意义的灯红酒绿就花掉小十万。小麦轻轻叹了口气，为前赴后继的夜场的女孩子，也为自己。说不为所动那是假的，在这个浮躁而虚华的社会，为了点不可知的利益，连亲父子亲兄弟都有翻脸的，盯着钱的眼珠子一个个都是绿的。远的不说，就说S城的高楼鳞比，华灯初上的时候哪一盏灯不是蝼蚁一样的上班族们疲于奔命赚来的，身上还背着如蜗牛壳般重重的债务。若可以不付诸努力辛苦仅出卖色相就能光鲜亮丽，又有多少人能拒绝这般诱惑？

这个鬼地方，太能动摇人的心智了，解决完老爷子的事情就赶紧回家。小麦这么思量着，转头管王玲要了一支烟，不紧不慢地坐在了沙发上——已经有人自动让出了右边的一个角。蓉蓉眼尖迅速掏出火机给小麦点上，小麦深深地嘬了一口，吐了个标准圆的烟圈："玲姐，你这中华是假的，改抽苏烟吧，中华假的多。"

王玲惊讶地问："呀，你还会抽烟呢？"

小麦点点头："嗯，从前混娱乐圈的，压力大，都好这口。原本戒了的，现在，还是抽上吧。"

许真大踏步地推门进来，人还没到，大嗓门的声音先传过来了——人间都会在每晚10点以前经理们都是急急忙忙的："王玲，把你们家小麦借用一下，国哥来了。"

没等小麦开口，王玲得意洋洋地扔过去一句："今儿就是神仙来了都没用，朱哥给小麦订了房间了，小麦今晚哪都去不了。"

许真二话没说冷漠地瞄了小麦一眼匆匆地又大踏步地出

去了。

小麦转头冲王玲笑笑："玲姐，下次有这种事，直接跟她说留房了就得了，没必要说那么明白，太嚣张容易得罪人。"

王玲赞赏地点点头，又似重新认识一般打量着小麦。

小麦没理她，三天，足够明白点事了：在这个地方混着，太嚣张了固然不好，可是太软弱了容易被人欺负，锋芒露那么点，未必是坏事。

又吸了口烟，小麦晃晃下午睡得酸痛的脖子环顾四周微笑说道："今天晚上没有留房又不想试房的姐妹就全去888吧，你们先去着，自个儿点些东西吃，问起来就说我正化妆呢。"

"好嘞，谢谢麦姐。"

"谢谢麦姐。"

…………

红色金色晚装身影晃动，高跟鞋的声音杂乱无章，不一会的工夫，222就只剩下王玲和小麦两个人了。

王玲拉着小麦的手，轻轻问道："欲擒故纵？"

小麦没吭声，其实擒不擒的不重要，既然目的是快些离开这里，用何种不出卖原则底线的手段都不为过。

隔了大概半小时左右，小麦重新盘起了头发补了唇彩站起来跟王玲说："玲姐，给一墨打个电话，就说今儿我为她留房了，让她直接去888找我。"

留下王玲在222的沙发上，凝望小麦背影，陷入沉思中。

王玲有点糊涂，从麦小麦今儿一进门就感觉这姑娘的气场忽然变了，让人不想造次或者是不敢造次，最后连摸她头的勇气都没有了。而麦小麦说话似有一种不容回旋的余地，看着很温和，但不由自主让人被她牵着鼻子走，王玲不屑地撇了撇嘴，许是文化人，读过书又混过娱乐圈的就是不一样。

4. 响当当的头牌

888里，朱亮自己坐右边，63个莺莺燕燕的姑娘们挤在左边，还有站着的，小麦一进去就瞧见这样一副奇怪的画面。

朱亮冲小麦笑笑，提过一个编织袋子交给小麦。

“这什么？”小麦疑惑地问。

“打开看看。”朱亮依然微笑，完全不见昨儿那副醉鬼样子。酒品如人品，小麦在心里不厚道地嘀咕了一句。

钱！整整一编织袋子的钱！一摞一摞崭新的用纸扎起来的钱！

小麦努力克制住惊讶的样子，不咸不淡地问朱亮：“给我干吗？”

朱亮哈哈笑道：“为了感谢你照顾我，今儿的小费由你来分配，很简单，跟你关系好的多分点，关系一般的就按正常行情分就可以了。”

小麦绕过朱亮的腿和桌子的缝隙坐在朱亮的左边，戏谑地说：“你到底是做什么的，暴发户？”

朱亮止住了笑，表情有些玩世不恭的小嚣张，那神色里写着的小麦没看错的话该是养尊处优的骄傲。他很严肃地对小麦说：“就凭你昨天照顾过我，在S城有什么事你解决不了的，都可以找我。”

小麦静静听着，也不再多嘴问只淡淡说了句：“谢谢。”

朱亮忽然拉住了小麦的手。小麦心里一惊，挣了一下没挣开，侧脸冲朱亮妩媚一笑问道：“你想泡我？”小麦不是绝色，可眼角眉梢俱是似真似幻的风情，有些女人不该有的坚强还有近似于诱惑的迷离，两者结合在一起通常勾起人探索神秘的欲望。

灯光昏暗，最初来人间都会的恐惧已经被无奈代替，这是一个从被动到主动的过程。麦小麦并不是一个单纯如纸的孩子，她有自己独特的经历和故事，那故事里有不堪也有纯粹，有复杂也有迷离，有心机算计也有情深义气。原来娱乐圈里有个相熟的导演曾经半开玩笑半认真地说：“这年头，谁家的好孩子能送娱乐圈啊。”可见娱乐圈之水深火热，自然，能混得如鱼得水的人也不是泛泛之辈。只是小麦真的是被S城吓到了，现在元气在渐渐恢复中。

朱亮显然是被身旁美人的嫣然一笑迷得有点懵了，恍惚地问道：“可以么？”

小麦收起笑容，旋即淡漠地问：“如果我说不可以，你会放弃么？”

朱亮想都没想答道：“不会。”

小麦冷不防抽出手来微笑道："那么，不可以。"

接下来的桥段无非夜场固有的喝酒、唱歌、玩色子。小麦不唱，不是因为唱不好，而是因为曾经在杭州的酒吧里唱伤了，一歌倾城却也一城伤心了。离开那儿后，麦小麦不轻易在陌生人面前唱歌，那属于她不愿说也不愿提及的一部分。记忆里那里有天神赐予一般绝美的少年弹着吉他唱着送给小麦一个人的歌曲。

酒过三巡，王玲家的女孩子们开始疯疯癫癫，捉着小麦叫姐姐，管朱亮叫姐夫，逢场作戏的事就不赘述了。

卓一墨是在这个时候闯进来的，换了身白 T 恤牛仔裤嘻哈帽，头发也束成了马尾，赏心悦目的。

小麦拉了她来给朱亮介绍："卓一墨，是我在这儿最好的朋友。"

卓一墨很是感动，把头靠在小麦的肩上声情并茂地唱了首《绿叶对根的情意》。这姑娘道行太深，知晓什么年龄的男人喜欢听什么样的歌，当晚小麦才知道卓姑娘竟是某沿海城市音乐学院毕业的。

再后来，竟变成小麦和卓一墨喝高兴了，两个姑娘大声叫大声笑大声划拳大声闹。朱亮一直在旁边，一杯一杯地陪着，主次彻底颠倒。

请不要嘲笑这里的友谊和真情，有时候在你最意想不到的时候它们从天而降，真实得美好得照耀黑暗的心底；也请不要相信这里的友谊和真情，迅速得恍惚得消失或逆转的时候给你无法想象的重击。

当天晚上朱亮走后分完所有小费，还剩两万，小麦选择跟卓一墨一人一半。不是小麦喝多了，而是在来888的路上，小麦听到许真给一个客人打电话。

“王哥，您去香港怎么也不早跟我说啊，那边兑换港币不是很方便，我这有专门的港币账户（那一年香港不像现在这样大街小巷都是兑换人民币的地方，而当年港币兑换人民币的汇率大概是10 ∶ 11），明儿一早我让助理什么都不做先给您打20万港币过去。”

小麦直咋舌，忍不住问了许真一句：“真姐，这20万他会还么？”

许真冷哼了一声：“我一年从他那里赚到的钱大概是100万，他就算是要还，我能允许么？记得，小钱不舍永远赚不了大钱。”

小钱不舍永远赚不了大钱。小麦默默地重复了一遍，也许她明白了为什么这个女版吴孟达可以在这里混迹几十年经久不衰，为什么她手里的客人一般人都挖不到。这道理，也许适用于所有的情境。

不过卓一墨被震到了，拼命跟小麦推辞：“不行不行，你按500给我就成，你怎么能……”

正推来搡去间，许真忽然闯进了888，拉起小麦就向外走：“小麦，你去看看，国哥不结账，嚷着要见你，把电视砸了，老板让我叫你过去。”

425的房间跟鬼子刚进过村似的。果盘里的西瓜香蕉葡萄什么的粘了一地，不知道谁点的砂锅粥也随着砂锅的碎片全在地上呢，杯子不知碎了几个，看房的公主和几个红色晚装的姑娘在旁边哭，电视不知道被什么东西砸得跟中了枪一样，中间一个小圆洞呈蜘蛛网型扩散。

国哥正不依不饶地嚎叫："我要见……小……小麦！你们……凭……凭什么不……不让我见我女朋友！小麦……是我女朋友！我……我要见小麦！"

一看就是喝多了在这耍呢，许真把小麦推进来后就躲出去了，人间都会负责安保的王经理在。小麦一见这架势就明白了，许真这是借刀杀人，想借这个机会让国哥今后彻底不可能给小麦订房。不明摆着么？上次之后王玲就告诉小麦，国哥并不是个大方的人，相反，是人间都会最难伺候的主儿，每年酒钱在这消费不少，小费却每次都只给500，有时候还试图赖账。许真根本不会轻易让别人家的女孩子进她的房，也怎么都没想到国哥脑子当时是搭错了哪根弦居然给了小麦2000。而在国哥心里的概念是，我都花了2000了，我来怎么能不陪我呢？应该屁颠屁颠跑过来才是，心里不爽酒自然喝的多，借酒装疯单又不能不买，电视也不能不赔，毕竟人间都会的老板也不是善茬，气还没消呢，就借着没见到小麦这个由头胡乱发泄。许真这时候把小麦推出来，无非当个出气筒而已。

王经理也不敢太得罪国哥，一来他是熟客，二来听说国哥的靠山在S城黑白通吃，便小心翼翼赔着笑脸道："得，哥，您看，小麦这不来了么，您这单也得买了吧，别让兄弟不好交差，电视别人砸了赔9000，您赔8000得了。"

一听这话，国哥迅速蹿到小麦面前指着她说：“你这个婊子，老子还以为你多纯呢，白他妈疼你了，有奶就是娘，有钱就是你爹了！”

国哥的眼珠子因为酒精的作用布满血丝，说起话来摇头晃脑，面目狰狞得很滑稽。

小麦伸手拍掉了他指着自己的手，仰着头盯着国哥说：“对，我就是个婊子，既然你知道，你出的价没别人高，我自然不陪你，这么简单的道理你都不明白，还有脸来问我？”

麦小麦着实被气到了，不过还没气到失去理智的程度。初次见面的时候因为小麦的倔强才留在了国哥身边，那么就代表真实的小麦很对这货的胃口；而在这种情境下，无论怎样殷勤谄媚都不会消了他割肉般心疼钱的怒气，摇尾乞怜，小麦不会，也懒得。反正她今天的任务就是露个脸，得罪个人，然后灭了他见不到自己不买单的借口，其他大可随意。

说完这句，全场惊得都说不出话来了，国哥估计要气疯了，指着小麦冲着王经理直结巴：“她……她她……你……你你……”

小麦再次打掉了国哥的手指，直接伸手从他衣服右侧内兜里掏出钱夹，取出上次买单的信用卡交给王经理说：“行了，甭管他，他的信用卡没密码。把单买了，酒钱和房费算我的，只扣了他砸电视的钱就成。”

一连串的动作流畅得让所有人都没反应过来。王经理愣着没敢接，国哥瞪着布满血丝的眼睛说不出来话，小麦转头看看王经理："还愣着干吗？买单去啊，你不是不好交差么？"

"哎！谢谢麦……小麦。"王经理估计是想叫麦姐又觉得小麦比他小，接过信用卡就奔前台去了。

国哥这边还没反应过来呢，嘴巴张着，眼睛瞪着，小麦使了个眼色，周围公主姑娘都窸窸窣窣地出去了。

小麦点了一支烟，转身坐在沙发上，狠狠地吸了一口从鼻子里喷出来，又把这支烟递给了国哥。国哥蔫头蔫脑地接过来，紧挨着小麦坐了下来。

"你说你一大老爷们，能不能有点出息，这么作，有意思么？"一开口小麦心里就想笑，怎么跟训儿子似的。国哥猛然抬头好像又想起小麦怎么没来的事情了遂又理直气壮地反问："那你怎么……"

没等他继续说，小麦照他脸上喷了一口烟："我怎么了？做人都得有自己的原则底线，人家今儿订了我的房，不说钱多钱少，毕竟排在你之前；凡事都大不过一个理儿，先来后到的连我一小姑娘都懂，怎么反倒你糊涂了？"

国哥的烟灰都快烧到底了还不断，他嗫嚅道："我……"

"我知道你想见我，难道我就不想见你么？我诚惶诚恐来到这个破地方第一天，若不是你抬举，我连住的地方都差点成问题，人心不是肉长的？"哪句话可能触了情肠了，虚了吧唧的小麦此刻眼圈有点红。其实小麦真瞧不上这种男人，狐假虎威欺软怕硬，骨子里自卑吝啬得要命还非要别人为他撑出个场面。来夜场非要找纯情艺术的感觉，没准去校园里才想找一风骚妖艳的。

但是小麦不打算得罪他，并不是怕，潜意识里可能跟许真较着劲呢。人间都会不是什么好地方，鱼龙混杂，屁大的事也值得算计。回想三天前进来的那一幕，小麦似乎看到大片大片无边无际的枯草上立着一个孤零零的指示牌“欢迎来到另一个世界”——一个为了钱人算计人人踩人人吃人的世界。

小麦叹了口气站起来，像安抚孩子般拍拍国哥的头轻轻地说了句：“你的情义，你放心。”

学会撒谎了么？学会虚与委蛇了么？找借口说是被逼迫的有难掩的苦衷可以么？小麦有些难过，有时候欺骗别人比被别人欺骗还难过，哪怕只是为了某种目的作出伪装而小小地说谎。

但小麦怎么也没想到，正是这个国哥带来了一个让她一辈子铭心刻骨的人，而正是这个人改变了小麦全部的命运。如果时间重新来过，小麦宁愿不跟许真较劲，在骂完国哥之后转身离开，那么，后来的一切也就不会发生了吧？那些痴男怨女的爱恨那些斩不断理还乱的纠缠那些一生一世一双人的妄想，也就都不会在这个魔鬼般繁杂的销金窟里出现了吧？

接下来的一个月大同小异，每天遇到不同的人出现不同的故事，唯一相同的就是没留下什么特殊印象。国哥来过几次，每次都变着法的胡闹尽可能地拖延小麦的时间。朱亮也来过几次。小麦现在每天不只坐一个包间，她已经学会“串场”（夜场行话，一晚上巧妙周旋于几个房间，以换衣服拿酒水补妆去洗手间为由左右逢源；一般相熟的两人配合，该房间要结账时若串场人不在房间会收到另一人的信息，迅速赶回，所以一个晚上可以拿到多份小费）。而更多的人是慕名而来，都听说这里有个很特别的从前是演员的姑娘。原本不是经理订房该是很困难，小麦彻底逆转了这个命题，甚至有时候小麦到了222王玲就美滋滋地告诉她又有两个不认识的人久仰慕名订了小麦的房。

麦小麦在人间都会已经成了响当当的头牌，一说头牌这词就郁闷，前儿刚在报纸上看到某夜总会有个头牌死在家里了，公安从她家搜出了1000多万的现金。小麦真心理解这种状态，像干她们这一行的吧，基本见不到太阳。每天能跟太阳打个照面那就是幸福的一天了。太阳升起的时候，她们该睡觉了；太阳落山的时候，她们才刚睁眼。每天醉醺醺地回家倒头就睡，起床的时候通常就着急化妆弄头发什么的，拿到的钱总想着明儿存吧明儿存吧，积来攒去明日复明日，越摞越厚的钱就不敢去存了，只好在家刨一坑藏着。不过小麦算计着，按这个速度再过两个月就可以收手了。她一直骗老太太说在外面拍戏呢，女一号赚得可多了。

5. 英雄救美

卓一墨跟小麦两个丫头倒是越来越亲近，见天的在一块喝酒喝茶聊心事，这一个月几乎把这辈子的自己都兜出来了。一墨在S城有八间房，靠房租就可以养活自己一辈子了，但是她对小麦说："做这行做久了，习惯了，休息个把月的还成，累月这么待着受不了。"她们通常一起进房一起试房一起留房，在人间都会已经成为花魁姐妹花。王玲提起她们的时候都加个"我"字以示主权——"我一墨，我小麦"，生怕别的经理挖了她们去。

而渐渐地小麦跟王玲组的其他女孩子也越来越熟悉，虽不像跟卓一墨那么亲密，但由于有着共同的团体，终归还是较别家经理的亲近些。她们中许多人也确有自己的心酸不如意。有个叫彩虹的，家里是农村的，父母以种地为生；她是长姐，下面还有四个弟妹，弟妹要上学，爹妈不供。彩虹出夜宵几乎什么活儿都接，什么双飞的（一男两女）、

3P 的（两男一女）、陪嗨的（陪着吸食 K 粉和冰毒，一般小姐不会接这种生意，怕损了身体）、轻微性虐的……但奇了怪的是，她就是没有回头客，所有的人点中她一次永远不会回来找她第二次，给的钱也绝对不会超过行价一分钱。小麦知晓了彩虹的经历后很是同情她，每次有人给她订房她都会叫彩虹先去试，在这期间小麦渐渐发现了彩虹不受欢迎的秘密。

这姑娘往男人身边一坐就自动带着一身风尘气，别人还没招她呢，丫先往男的身上贴，一会喂个水果一会帮人点首歌一会偷着摸人家大腿一把，主动得让人觉得如果多给丫一分钱都算亏了。

小麦看得真是一脑子愤怒直想抽她把她抽醒让她明白来这里的男人都是怎么想的。你说一个来找乐子找新鲜找刺激的主儿，又不是头一次开荤腥你倒贴着上门有意思么？一点专业素养都没有，纯粹跟电视上那些落了俗套的妓女学坏了。

有次实在忍不住了小麦骂她："你能不能不往人家身上贴？别人摸你的时候你能不能试着礼貌地把他的手挪开！"

彩虹怯怯地小声嗫嚅："那样……那样就没有回头客了呀。"

小麦声音高八度地喊了回去："你这样就有了？连多看你一眼的都没有！"

无论怎么劝，彩虹都是一个模式，小麦也懒得管了。

毛团长大了，一个月的功夫能有 4 斤重了，正是练爪子的时候每天找各种可以挠的东西“咯吱咯吱”地挠；它最讨厌小麦给它剪指甲和洗澡，尤其一到洗澡的时候就跟要它命似的嗷嗷叫。小麦平日里不怎么理它，所以丫学会自己找乐了。有一次小麦给毛团倒了碗水，它吧唧吧唧舔完之后，试着用毛茸茸的小爪子沾了一下扑到墙上去。嗯？有个梅花形的小爪印，它眯起硕大的眼睛似乎很满意自己的杰作，重新跑到水边把两个爪子沾满水扑到墙上去，啪啪啪地印了好多爪子印。于是毛团开始每天乐此不疲地重复玩这个叫做踩脚印的游戏。小麦都要疯了，这货不是猫这货不是猫这货不是猫。

这一天，小麦刚起床，毛团还在身边懒懒睡着，王玲忽然打电话来说公安局那边来电话今晚主查人间都会，也就是说，今晚小麦不用去了。不一会的工夫，国哥打电话来说在拉斯维加斯，告诉小麦今儿来也得来不来也得来，因为他过生日。

按照规矩，如果想把人间都会的女孩子叫出去陪酒，小费的底线便随之升到1000元，多出来的那500叫做“车马费”。里外今儿人间都会都去不了，国哥再讨厌也比今儿一分钱拿不到强。打定了主意小麦开始化妆，终于可以不用穿晚装了，小麦随随便便找出来一件中性的衬衫配一条水磨的仔裤束了个马尾简简单单画了个眉毛就跑出门去了——女为悦己者容，这话也可以反过来说，女不为不悦己者容。

拉斯维加斯最大的包房Veru里能挤了100多个男男女女，国哥坐在沙发的正中央，整个环形沙发上像挤沙丁鱼一般一男一女一男一女排排坐，还是老样子地喝酒划拳唱歌玩色子，只是今儿这场子怎么看怎么有些奇怪。倒不是因为有十几个男的左青龙右白虎的文身外加象征马仔抑或暴发户身份的金链子感觉不像好人，这场子里有股子无形的压力，那种压力形成的气场让每个人都不由自主地感觉到。

小麦纳闷地观察四周，发现了大气压的中心——沙发的对面坐着一个男人，35岁左右的年纪，长眉且浓，单眼皮，高鼻梁，薄嘴唇，修长的双腿随意重叠，目测站起来不会矮于一米八零。他没有说话，眼角眉梢含着种似笑非笑的嘲弄表情，不是那种狠狠的嘲弄，而有种看破世情的略带些薄薄讽刺的锐利。意外的是，这里除了国哥身边没有女孩子（在等小麦），这个人身边也没有；并且他坐的位置也奇怪，一般那个位置环顾四周尽收眼底但只有来敬酒的经理才坐在那。

正发愣，门开了鱼贯而入进来十几个姑娘，小麦回过头来吓了一跳：这十几个姑娘竟然个个是绝色，平均个头一米七五左右，身材妆容样貌拿到人间都会去都是百里挑一的。这绝对不是普通的试房，任何一个经理都不可能把这么多绝色凑到一块，乖乖，国哥面子还挺大的。小麦心里嘀咕着。

一个穿黑色西服套装的妈咪笑意盈盈地挤进来，还没等开口，那个一声不吭的男人连打量都没打量嘴呈45度角十分礼貌地说了句：“谢谢。”啊，原来是让他挑啊，这厮什么来头啊？小麦瞬间好奇了起来。

国哥大手一挥："下去下去下去！你什么时候见蒋哥身边坐过女的！没眼色！"

妈咪连连点头称是，便带姑娘们下去了。

国哥冲小麦招手："小麦过来！给你介绍一下，这是我大哥，姓蒋，今后你叫蒋哥就行了。"哥？这姓蒋的至少比国哥小五岁，怎么论辈呢这是？甭管怎么说吧，小麦还是乖乖叫了声"蒋哥"，蒋哥微笑地点点头算是回答。小麦正要往里走到国哥旁边，忽然伸过来一只手："你好，我叫Jack，香港人，能不能跟阿国借下你，我们这边做游戏缺个人。"

小麦回握了一下，眼睛却瞄向国哥——毕竟是他叫自己过来的，这点规矩还是要遵守的。国哥不耐烦地横了一句："看什么看，我哥们叫你是你的福气。"小麦在心里狠狠翻了个大白眼：你以为我愿意坐你身边？我巴不得坐别人那。

他们在玩牌拼酒，小麦加入了进去就没再理国哥。两个小时左右的时间里，基本全场都喝得差不多了，对面的那个蒋哥依然一声不吭，点着自己喜欢听的歌，自斟自饮。基本都是什么黄家驹张国荣之类的，他点歌，也没人切也没人唱，都只自顾自地喝酒划拳聊天泡妞。小麦偷偷打量了他几次，发现他连杯子都是自带的，红酒也是，高脚的玻璃杯子里的液体在灯光的折射下闪着暗红色迷人的色泽，如同宝石一般奢华却不张扬。整个人和他身边的一切都与周围格格不入，很安静，安静得有些……沉重。

不知道为什么，小麦很想坐过去。许是来了S城之后每天都忙忙碌碌喧嚣繁杂，心底那种渴望安稳渴望宁静的念头越来越强烈，小麦多想可以有一天不用小心翼翼地赔着笑脸，不用费尽心思地算计着怎么让人喜欢，也不用苦苦计算钱的数量扳着手指盼着回家的日子。但是小麦不敢坐过去，蒋哥的气场很奇怪，稍微靠近他就会觉得有些害怕，说不上为什么，其实他还算一直微笑着。

正胡思乱想着，Jack 搂过小麦的脖子，小麦吓了一跳赶紧伸手拿开。

“小麦你干什么呢，到你抽牌了，你连输五把了，是不是害怕啦？”

小麦赶紧缓过神来笑道：“谁说的！我从来都不……”

话没说完，只听国哥那边“咣当”摔了个酒瓶子过来，小麦歪头一躲，酒瓶子砸在右肩膀上了。

小麦心里这股火噌地一下子就蹿上来，忍了这厮很久了，越来越蹬鼻子上脸。小麦咬着嘴唇慢慢站了起来，包间里这时放的是张国荣的《风继续吹》，挺柔情似水的一歌，只是全场都不说话了望着这边。蒋哥依然似笑非笑地看着这一切，用嘴抿了口杯子里新倒的红酒。

国哥那边忽然像发神经病一样滚到沙发上嚎着：“婊子就是婊子，谁让她开心她跟谁骚，我一手指头都没碰过她，这边就跟人家卿卿我我了！”边嚎边夹杂着杀猪一样的吭叽声。Jack 瞬间石化，尴尬得说不出话来。

正常人很少有机会领略到夜场的众生百态，喝多了真是什么样的都有，有说银行卡密码的，有吹牛说中南海是他们家后院的，有大哭大闹想初恋的，有倒下就睡鼾声连天的……次次都发飙把自个儿作得没脸没皮的小麦就见过一个国哥，这货真是尤物，油炸的废物。

小麦一字一顿地回击他："听好了，不是我要坐在你朋友身边的。"

国哥继续嚎："你他妈傲什么傲啊，怎么骄傲你都是个鸡，装什么纯情。"

小麦一杯酒泼了过去，不是她摸准了国哥的脾气，是她真生气了，按道理小麦不该动这么大火，周围这么多人还有个蒋哥——不是因为这人有多特殊，但小麦就是不愿意在这个人面前丢丑。这些日子累积的疲惫和不满似乎找到了导火索，小麦这个炸药包忽然就爆了。国哥的白衬衫瞬间红了一大片，原本就是借酒劲胡闹希望小麦坐过来说几句软话的，这回也彻底下不来台了。国哥冲到小麦面前抬手想扇小麦一巴掌，手刚抬起来，被小麦抢先扇了回去。"啪！"清脆的一声响，小麦的手心火辣辣地疼，麻麻痒痒得好像千万只蚂蚁在啮咬。

"啊……"周围一片惊讶的嘘声。

国哥手没来得及放就转身去捂脸，冲小麦大声吼："滚！！！"

小麦冷笑道："好啊，我滚，但是你最好有点骨气，下次你再找我，对不起，我滚远了！"说完扭头拎包就要走。

沙发右边两个满脸横肉的20多岁的马仔迅速地挡住她的去路，不怀好意的眼神似乎能把她吃了。小麦倔强地咬着牙瞪着他们，眼睛似乎能喷出两团火来。这时候小麦的心里没有高利贷的压力没有后悔也没有恐惧，有的是一腔的愤怒还有对这个地方这群人以及这个城市的厌恶。是的，厌恶，在大多数来寻欢作乐的男人眼里，这里的女人只是一群动物，连狗都不如的动物，她们不可以有尊严不可以有骄傲更不可以有反抗和异议，就像电影《霸王别姬》里面那个老鸨冲巩俐喊的那句："你别以为出了门把脸一抹擦你就成了良家妇女了，你永远都是个婊子。"而小麦当时真没觉得自己是个婊子。

小麦回手紧握住一个酒瓶子，打算这两个傻逼一动就狠狠地砸向一个人的头。忽然，麦小麦握酒瓶子的手被什么人握住了，小麦一转头，是那个一直没怎么说话的蒋哥。他的指骨清瘦温润，力道不大却让小麦没法挣脱。蒋哥轻轻笑着："美女，这是路维梅乐 1974 年珍藏版的红酒，还剩半瓶呢，你这一下子砸下去，他们脑子开花倒不打紧，只可惜了这瓶酒。"

啥？啥梅乐？小麦一头雾水，脑子一松，手也松开了那瓶子，直接被握在了蒋哥手里，顺势让他拉到怀里没站稳一屁股坐在了他腿上，他的手也顺势牢牢揽住小麦的腰。小麦马上想站起来，蒋哥在小麦耳边用只有他们两个人听到的声音轻轻吹气道："要想让我帮你解决这件事，你最好先别动。"那声音很冷静，他的眼里却是让所有人看到都会起疑的暧昧，耳边激起一片颤栗，小麦的脸瞬间红到了脖子根。今儿真是流年不利遇蔫神，只是……该讨厌地该更愤怒地回手甩一巴掌的小麦却被那股子莫名其妙的阳刚的气息笼罩得全身动弹不得。

蒋哥抬眼扫了一眼国哥，恢复了那个似笑非笑的表情问道："你们还有其他的意见么？"

国哥好像见到鬼了，头摇得像个拨浪鼓，身边那俩儿满脸横肉的二逼也早滚回座位了。

国哥嗫嚅了一句："可是……我过生日，我女朋友都不能坐我身边……大哥你也太……"

小麦刚想回嘴谁是你女朋友，忘了自己还坐在这男的腿上。他轻笑了一声，把鼻尖蹭在小麦脖子上，蜻蜓点水般吻了那粉嫩脖颈一下。这回不仅是耳边一片颤栗，连后背都起鸡皮疙瘩了。小麦扭动了一下小声道："你干吗？"这声音一发出来自己都吓一跳，带了一种从未有过的娇嗔在里面，虽然还不至于到发嗲的程度，但绝对与现在的气氛十分不搭调。小麦一皱眉，恨不得把自己舌头咬掉。

"嗯？你有男朋友么？"让小麦矛盾的男主角在后面事不关己地问。

小麦摇头。

蒋哥回眼望望国哥："她从今后坐我身边，你同意么？"

国哥僵着脸，好像一副拉不出屎的表情，沉默着不说话。

"我叫蒋子明，今后你叫我的名字就行。"

小麦才反应过来是跟她说话呢连忙点头。

蒋子明身子没动伸手指了指小麦在Jack身边的酒杯又指了指自己那瓶酒，Jack赶紧挪出来一溜小跑地给小麦倒了杯那啥梅乐递给她。小麦用手握住杯身不吭声。

蒋子明没看国哥只是问道："我问你话呢，不回答是默认了还是生我气了？"

国哥舔了舔嘴唇咽了口唾沫："哪里，大哥，你说什么我都同意。"

蒋子明轻轻笑道："好啊，谢谢你。"

转而续道："你拿杯子的姿势不对，不要让手指的温度影响到酒，只拿个杯底儿就好。"

啊？又跟我说话？小麦慌忙又点头。

"还有，"蒋子明低声戏谑地笑道："你还打算在我身上坐多久？我不是君子，坐怀，可是会乱的。"

小麦这才发现他的手早不在自己腰上了慌忙站了起来，连呼吸都变得不再匀称。

蒋子明指了指身边的位置让小麦坐："来，我教你怎么品红酒。"

就在这一天，小麦知道了路维梅乐的价钱，知道了品红酒是需要特殊的味蕾的，那味蕾的打开需要天时地利人和，也知道了1974年的红酒果香浓郁是收藏者的最爱。蒋子明安安静静讲述着这些小麦从来不知道的事情，他就好像另一个世界的人，这个世界的肮脏浮华喧闹机锋都与他无关。

但麦小麦的味蕾依然没有所谓的打开的感觉，在她看来，红酒依然酸酸涩涩，喝多了晕晕乎乎，与其他的酒没什么差别。后来跟蒋子明熟了，小麦好奇地问他："以我对你的性格了解，你那天不该出手留我的，到底为什么啊？"

蒋子明一贯地似笑非笑："一见钟情呗。"

骗鬼的话，所以小麦从不相信。人的情绪瞬息万变，一念起缘起一念灭缘灭，谁说得准下一秒钟遇到谁，谁又能确定一辈子结束后身边最后的那个人是谁。

"下次我去人间都会找你。"这是那天蒋子明留下的最后一句话。

6. 难以抗拒的吸引

后来连续几天小麦都再也没有见过蒋子明。其实，在这烟花巷柳月地，欢场男子说过的誓言都不可信，何况醉后一句可有可无的客套。只是小麦心里多少有些轻轻浅浅的期待，那期待看不见摸不着，也思量不透到底在期待着什么，也许这个人在S城的小麦心里多少是有些不同的，自是不信什么如果有缘无论时间长短他的存在可以惊醒你全部的感官。但是那种安安静静的感觉，还有那柔软却不容抗拒的指骨的力量以及印在颈子上近似于轻浮却让小麦连续几天梦里都记得颤栗感觉的吻，还是让一个八面玲珑的麦小麦在不该有牵绊的时间地点里有了念想。不过，小麦并不认为自己在他心里是特殊的，女人总是会因为某个暧昧的暗示当了真从而觉得自己是最特别的，但其实在用下半身思考的动物世界中，大部分都一样。麦小麦从不喜欢陷进控制不了的情绪中，她用心理暗示告诫自己，只是有个特殊念想而已，给这黑暗的日子加点阳光。小麦忘了，紫外线多了也是会中毒的。

这天，王玲接了个自来房。所谓自来房，就是没有人预订任何人间都会的工作人员，而是直接过来玩的，按号码随机排，分到哪个经理算哪个幸运。

卓一墨和小麦同一组试房，卓一墨先被挑中，其余在场的六七个男人也都在前两组挑了满意的人。而小麦则被留房给还没来的一个人。王玲家的试完后本该轮到毛利静，但这房间已经人满为患，毛利静硬是凭着一张巧舌如簧的嘴哄了客人多留了一个姑娘跟小麦一块留房，美其名曰“多一种选择良性竞争”，竞你妹。

不一会的工夫进来一男孩，呃……确实是男孩。一米八几的个子，二十几岁，目若朗星面如……嗯……绝对不是冠玉，那皮肤一看就是标准的小麦色，装扮比较奇特，带着副无框眼镜，背着一个双肩包，好吧，就算你是 Givenchy 的限量版，但这改变不了双肩包的属性。这孩子一看就像大学没毕业呢，好似个误入歧途的小白兔，怎么混到这个场子来了！

身边的男人们全站起来了，瞬间变成一群殷勤的哈巴狗把这孩子往小麦和那良性竞争的姑娘这儿让。卓一墨冲着小麦眨了两下左眼，大拇指朝上指了一下。小麦明白，这是在暗示眼前的这个是少有的大鱼；但是小麦心里颇有顾虑，总有些诱拐青少年的嫌疑。

他坐在了小麦和那姑娘的中间。周围的哈巴狗开始有意地不看他们，估计是怕他难堪。男孩子就这么坐着，身体和腿呈标准的 90 度，双手老老实实地放在腿上。小麦冲他微笑道："你好，我叫麦小麦。"他吓得一下子半站了起来给小麦鞠了一躬："你……你好，我叫林家隆。"他的普通话略显生疏，小麦猜道："你是台湾人？"

林家隆意外地点点头，一双眼睛清澈见底地充满了询问，似是在说"你怎么知道"。有时候人单纯不单纯从眼神就可以看出来，林家隆的眼神基本藏不住情绪，紧张、疑惑、不安、惶恐……都让周围的人一览无遗。

小麦又猜："你跟台湾的酒店界教父林多福是什么关系？"

这回林家隆更惊讶了："你……你认识家父？"

家父？我靠，我发誓麦小麦那绝对是开玩笑呢，没想到一问一个准啊。不过 S 市离台湾很近，而人间都会里出现这种人物也不足为奇。

小麦面上并没露出惊讶的神色，只淡淡地说："不认识，但我读过他的书，很敬佩他能从一个接电话送外卖的只有小学文凭的人凭借自己的一身胆识和努力在亚洲挣得属于自己的天下。"

林家隆很高兴，微笑着露出两排洁白的牙齿——忽然让小麦想到那个"你的益达"的广告："谢谢你，我很尊敬我的父亲。"

忽然，林家隆身子明显一僵，小麦纳闷地看着他，只见他缓缓地把手伸到自己腿上——那上面放着毛利静家小头牌的爪子，正在那缓慢地来回抚摸林家隆的大腿内侧。林家隆把那只手轻轻地放回小头牌的腿上，然后一本正经地说："小姐对不起，您的手放错地方了。"

扑哧……小麦再也憋不住地哈哈大笑。对面卓一墨也目睹了整个过程，早笑得花枝乱颤，一桌子的人全都莫名其妙，回头再一看小头牌脸都绿了。这不自找的么，面对这么个明显第一次来的主儿，还不把他吓跑了。

林家隆表情僵着，特别不好意思。

小麦逗他："她可是这里的头牌喔，还没见过你这么不解风情的。"

"什么叫头牌？"

"头牌就是……嗯，喜欢她的人很多，她的价钱也比较贵，陪你聊天至少 1000 元，人民币。"

林家隆摇摇头："我不喜欢。"

得，一句话，身边的姑娘站起来直接走了。

小麦心里暗笑：还没过上两个回合了，姑娘就认输走人了。

林家隆好奇地问："那你是这里的头牌么？"

小麦哈哈笑着："我不是，因为没多少人喜欢我。"

虽然他比小麦大，但是状态就好像小麦的弟弟，单纯可爱。一瞬间麦小麦有些出戏，好像现在不在人间都会，只是在一个娱乐场所，自己在带着弟弟玩。

所以小麦不愿意这里的气氛沾染了他，于是对他说："我们来玩真心话吧，今晚上不喝酒，掷色子，谁输了就允许对方问一个问题，必须要说真话的。”

说完小麦凑近林家隆的耳朵小声对他说：“我知道你来这里是被逼的。”

林家隆又露出一副“你怎么知道”的可爱样子。小麦特别想摸摸他的头。

林家隆居然连输了十把色子，小麦几乎把他家底儿都问清了，什么在斯坦福留学啊，留学期间一直有管家跟着啊，父亲一直不准谈恋爱啊，将来要跟哪家千金联姻啊……后来实在没得问了，小麦就故意输给他，这孩子第一个问题就把小麦问崩溃了：“我觉得你不像是该做这个的人，你为什么来这里？”

人吧，总好干些搬起石头砸自己脚的事，小麦那些苦逼经历不愿意跟这个单纯的孩子细述，于是就含含糊糊地说：“嗯……为了钱呗。”

林家隆不依不饶：“你不是说这个游戏是真心话么？”

小麦只好把自己怎么混娱乐圈怎么又有个不靠谱的爹怎么借的高利贷怎么进的人间都会简单说了一遍。林家隆听得嘴巴都能装个鸡蛋了，连连对小麦说：“你真的很不容易，在我们台湾，像你这么大的女孩子什么都不会做。”

这时候，中途去外面串场回来的卓一墨走到小麦身边，对她耳语了一句话，小麦的心一下子跟着狂跳起来。

卓一墨说：“有一个叫蒋子明的来了，把咱家222订了，写的是你的名字。”

小麦慌忙站了起来，高跟鞋踩了裙子不是林家隆扶那么一下子就跌倒了。瞎激动什么，不就是来了个一面之缘的客人么？我只是去见个客人，再说人家来订的房，我总要露个面。小麦心里絮絮叨叨的，面上却尽量沉稳："家隆，对不起我先出去一下，马上就回来，等我，我们一会接着玩。"

林家隆乖乖地没有问为什么。

麦小麦刚走到走廊拐角，就看见蒋子明在那斜倚着抽烟。见到小麦并不意外，把手里的烟递给了小麦，小麦低着头，红着脸没敢接。啊！！谁来拯救麦小麦啊，一节肠子能拐十九个弯的绝顶聪明的姑娘一到这男人的面前所有气场都被化掉了，这是老天派来的煞星吧，这才第二次见面，怎么都不敢直视了。

蒋子明依然是那副似笑非笑的表情，反问小麦："怎么？嫌弃我？"

小麦赶紧把烟接过来狠狠吸了一口。

"行了，你回去吧，我在 222 等你，下房了到我这来。"

说完就慢悠悠地走了。

再回去的小麦明显有些心不在焉，接连输了许多把色子，林家隆问了些无关紧要的问题。其实这个点了都可以结束了，那几个男人明显懈怠了，有的都靠在沙发上睡着了，就这个林家隆还有卓一墨旁边的男人神采奕奕的，小麦心里都在数表了，心早就飞到 222 去了。

熬到凌晨 1 点半，终于有撑不住的过来跟林家隆说："林公子，要不咱先回去吧，你要是喜欢，下次再来玩。"

林家隆恋恋不舍地望着小麦，小麦笑着揉了揉他的头：

“好啊，下次再来，我等你。”

发小费的时候卓一墨身边的男人买的单，递给小麦 500 元钱，小麦还没等接就让林家隆推了回去：“她的钱我自己给。”对方愣了一下了然地笑笑：“好好好，小公子自己给。”

林家隆掏出钱包想了一会，抽出了 1000 台币。小麦心里直笑：这傻孩子，是没来过大陆还是怎的，1000 新台币折了人民币才 200 多元。但小麦真心不想点破，只想着能让他安心就好。

没想到的是，林家隆把剩下的 500 欧元、300 美元、5000 台币都给了小麦：“这个留着我打车，对不起，下次我记得多带些来。”

一瞬间，小麦有些感动，不是钱的问题，而是小麦知道林家隆一定介怀了她父亲的事，他以为可以用这种方式帮助小麦。

小麦靠近林家隆，用只有两个人能听见的声音说道：“谢谢你，但是下次我真的不希望在这种地方看到你了。”

把林家隆等送到电梯口，小麦拖起裙子飞快地向 222 跑去。如果时间倒回，你们会看到一个金色晚装的女孩子气喘吁吁不管不顾地奔跑，你也许不知道她急着做什么，但从她一闪而过的脸上可以看到焦急和期待，深深的，期待。人啊，不怕在风平浪静的时候接受馈赠，在绝望黑暗中，哪怕有火柴般的温暖，都可以照亮整个灵魂。

这中间她撞倒了一个经理和了两个服务生。“你他妈赶着投胎啊？”

小麦没道歉也没还嘴，就这么着，赶到222的时候，保洁阿姨和公主正在收拾房间。王玲笑意盈盈地坐在沙发上数钱，见小麦来了招手道：“小麦来，这是你今晚的酒水提成和女孩子们的台费，你什么时候认识这么个出手大方的主啊？”

小麦失魂落魄地问：“人呢？”其实看场面就知道人已经走了，问了也只是安慰自己而已，他说他会等我的，为什么没等呢？

王玲答：“走了啊，刚走，怎么了？”

小麦摇摇头，一屁股坐在了地上。疲惫瞬间涌了上来，算了……早说过这里人的话信不得，可心里那股委屈却怎么压也压不住，既你来了，为何不等我呢？既说等我招惹我却又不拿我当回事，不还是跟别人一样拿我当玩具么？

小麦不是介意当玩具，只是介意一个人用看似认真的态度把她当玩具，在或许真心的游戏里，小麦输不起。

彼时，蒋子明也在纠结着。在S城，蒋子明是个响当当的人物，众人眼里他是靠房地产和药厂起家的，在S城的梅海靠海边的地方有个不大的小岛，占地1000亩左右。蒋子明把整个小岛建成了一艘船的模样，有船头船尾甲板桅杆，这船上有他从全世界各地搜罗来的喜欢的物件：康熙的玉印、紫檀龙椅、秦国的铜剑、战国的鼎，听说还去新疆买过清人带朝服的干尸。蒋子明尤喜元青花和明清玉，私下里也跟几个盗墓团伙有联络，每次一出来好东西，这些人都先紧着蒋子明这边挑。他专门有个房间用来摆放这些把玩之物，另有十几个按各地风情打造的房间，甚至还有一个小型的沙滩马场……说富可敌国有些夸张，但是显赫至此是一般常人无法理解也有可能永远都见识不到的。但蒋子明的内心，却有着不为人知的秘密。他知道自己可能早晚、早晚要毁在这些世人眼里的荣华富贵里，那阴暗的欲罢不能的原罪日日夜夜纠缠着这个男人。有些事情做到了一定地步就无法摆脱，这些折磨沉淀积压反而给他带来了一种平和的气场，喜欢波澜不惊的曲调、优雅静固的物体，不喜说话，却微笑待人。多数人第一次见到他会觉得很亲近，可久了会觉得终究无法亲密起来。

女人很多，蒋子明待女人很好，但态度却是：走人，不走心。

也不知怎么，几日前遇到这个叫麦小麦的女子，就搅乱了一向平静的心。这妞儿并不艳丽，却有种特殊的倔强，若在寻常地方遇到这样女子，蒋子明最多也就一笑了之，偏在风月场所，这种倔强是绝对也不可能出现在一个那样身份的女孩子身上。人啊，最怕在感情里出现猎奇的心理，探究来探究去，名不副实也就罢了，若名副其实就开始向下陷了。蒋子明的身边不可以有固定的女子，他不想，也，不配。

怎么就能脱口说出等她的话来，真真自己疯魔了。以为她会马上赶过来的，也不枉自己一会一看表掐着时间的秒针等，结果都 12 点左右了，也不见她来，心里忽然就涌出烦躁来了。这烦躁倒把波澜不惊习惯了的蒋子明吓了一跳，酒也没喝完结了账就走了，好像逃一般。

蒋子明在那艘硕大的船尾边上望着漆黑一片的梅海苦笑，罢了，也许就是个寻常艺妓被羞辱急了的正常反应吧，狗急了不还跳墙呢么？这他妈什么比喻！

7. 祸不单行

回过头来说麦小麦，在人间都会越来越红火，订房的数量居然居毛利静、许真之后，且是紧随其后。日日的花魁榜小麦都是头一个，连卓一墨也快黯然失色了，王玲自是合不拢嘴，小麦心里却隐隐担忧，这样的情形是最初来这里时始料未及的，她只想赚钱不想出名，在这个地方出名可不是什么好事，谁没事做个婊子还破马张飞敲锣打鼓地到处嚷嚷着“我是最好的婊子”？且树大招风引人妒忌，还不定惹出什么是非来。好比一只凤凰从天上飞过，看到一只乌鸦在地上捉到了一只老鼠，凤凰没有说话，乌鸦却呱呱大叫：“不准抢我的老鼠！”呃……自比凤凰，有点不要脸，但理儿是这么个理儿吧，你不看重的东西难保别人当做是宝。

卓一墨总笑她：“别老自己瞎合计了，有些事就是合计出来的。”

结果这一天，真的出事了。

这天照例凌晨1点半左右，小麦喝得有些小多，踩着云朵般的八字步越过马路走进电梯打开家门，点亮灯的那一瞬间小麦整个脑袋“嗡”地一下子——瓷砖上拖拖曳曳的全是血迹，家里的东西被翻得乱七八糟。小麦的第一感觉就是遭了贼了，但血迹，血迹是怎么回事?

“毛团！！毛团！！”小麦边喊边顺着血迹找，终于在床底下找到了毛团——还好，没死。它浑身的毛湿漉漉的，一直在颤抖，往日里懒洋洋的眼睛惊恐地盯着小麦，张嘴试图发出声音，但只是哑哑的一声“啊”便消失在空气里，估计是嗓子喊哑了。小麦小心翼翼地把毛团从床底下拖出来才发现它的左腿被人弄断了，血迹凝固，但基本可以断定家里的血迹都是从这里来的。毛团的脖套上绑了一封信，小麦打开来看只有几个字：“赶紧离开你不该来的地方，这次是你的猫，下一次就是你。”

小麦咬着牙根憋着不哭出来，心里有条仇恨的藤蔓在攀沿，紧紧绞住她的心。但这仇恨就像打在海绵上，无处发泄，无处还击……不明摆着么？连人都找不到，小麦在明处，他们在暗处，这种赤裸裸的威胁却无法报警。警察若是问，你平日里做什么工作，跟谁有可能结仇……怎么说？怎么说?

小麦轻轻地抚摸着毛团对它说：“乖，你别怕，有我呢，天一亮我就带你去看医生，等再熬两个月，我就带你……带你回东北。”

想起家，小麦的心有些绷不住地委屈和难过，都怪那个许真，扇那巴掌太疼了，不然就怪蒋子明，说等她却没等，不然心里不会有这么多委屈……

一个激灵，小麦起身检查藏钱的柜子——果然一分都不给老子剩，存心往绝路上逼人啊。小麦深呼了几口气，缓和了几乎要捶墙的愤怒：妈的，大不了多呆几个月，钱不是问题，里外父亲已经回来了，这个月的利息也付了，来钱，只是几天的事而已。你们不就是想让我走么？不就是想让我害怕让我不高兴么？偏不，我气死你们。只是这屋子，该换了。

小麦这么嘀咕着，抱着毛团坐在地上靠着柜子边儿睡着了，做了个美梦，有阳光，有大片的阳光……只是小麦不知道，那些人不仅仅是威胁她而已，毛团的事情，也仅仅是个开端，时隔几天，麦小麦差点魂断人间都会。

那晚蒋子明来了，订了小麦的房。国哥不敢吭声只好点了卓一墨，小麦安排彩虹看房，自己却迟迟不肯进去。女人到底是女人，小麦还有些生着那晚上的气，赌小性子不想见他。蒋子明这边也好不到哪儿去，自从遇上了麦小麦，真没浪费手上的百达翡丽，看表的次数比这辈子还多。

彩虹这姑娘，命挺苦的，一个月加上出夜宵也就能赚个几万块，自己是一件衣服都舍不得买，全部用来供养父母以及支付弟妹的学费。那个弟弟真极品，屁事不懂就知道要钱。那年还流行 MP3，这货刚买一个转头就打电话给彩虹要买最新款的MP4，彩虹对这东西不明白，觉得都是一样的功能为什么还要再买一个。那不争气的东西在电话里跟姐姐喊："你不就心疼你那几个卖逼钱，别打量咱全家不知道你干什么！你要不给钱就算了！就让我在新学校让别人瞧不起吧！"电话挂断，彩虹在一旁偷偷流泪。这一幕落在小麦眼里，真不是个滋味，她不愿意多嘴揭人短，只是在买化妆品和衣服的时候多买一份放在彩虹换衣服的柜子里，平日里只要彩虹没上台，小麦都会安排她看自己的房。彩虹对小麦自是尽心尽力。其实有很多事情，一念之善，积累的福报日后连你自己都想象不到。红楼梦里彪悍狠绝如王熙凤，留余庆给刘姥姥，树倒猢狲散的时候巧姐才得安安稳稳的一生。而小麦并没图谁的回报，所以也更没想到，彩虹会救了她的命。

小麦磨磨蹭蹭了好一阵子，才磨蹭到309。冷冷地坐在蒋子明身边，也不说话也不喝酒也不看他。蒋子明纳了闷了，这小妮子耍什么脾气呢？又不好直接问，只得一面跟别人聊天一面偷偷地瞄一眼小麦。

过了一会实在忍不住，抬手给小麦倒了一杯酒，没话找话地说："咳……小麦，今儿这酒是一朋友从国外带回来的，你尝尝，丹宁的味道不重，适合女孩子喝。"

小麦伸手拿了酒杯二话没说一饮而尽，也不看他也不回答重重地把酒杯放在桌子上。周围人没见过蒋子明这样，都很好奇。只有国哥憋着乐呢，他可希望小麦能再不识抬举一点，蒋子明过几天玩腻了，正好又轮到他。

蒋子明倒不介意，淡淡笑笑说："你这哪儿是喝红酒，你当这是二锅头呢。"

小麦白了他一眼，还是没吭声。麦小麦不知道哪根筋搭错了，平日里也不这样，一见蒋子明就心里错乱，按理儿他是客人，怎么着也轮不着呕着气跟客人耍性子。只小麦就对他不行，咬着嘴唇，听他漠不关己似笑非笑地说话，心里那股子委屈噌地一下就蹿出来，想起自己那晚疯了一样地跑去见他，结果根本不被当回事，就有种被戏耍的感觉。唉……说白了，女人啊，一旦动了情，智商就是白痴。

蒋子明瞧着小麦又是一副倔强的小模样，奇怪自个儿心里半点气都没有，看着她咬着嘴唇，细白的牙齿就那么露出两颗，昏暗的灯光下，她那小眼神里晶晶亮闪烁的都是委屈。脑子里忽然一阵电流蔓延过来，许是有点酒精作祟，此刻的蒋子明只想把小麦拉扯进怀里来好好问问她怎么了。

晃了晃头，终是抑制住了这个念头。蒋子明怕唐突了她，初次见面时候的不羁孟浪现在倒是半点都发挥不出来。

蒋子明把一靠垫拿过来放在他和小麦中间，在靠垫下面他偷偷地把手伸过去握住小麦的，把头凑到小麦耳边低声问她："你这是跟我生哪门子气呢？"

小麦狠狠地瞪了他一眼，把手往外抽，面上是气极了的样子，心里却扑通扑通地跳，被拉住手的一瞬间呼吸就变得急促，语气不觉就透着娇嗔，背叛了她的脸："你走开。"明摆着的撒娇，小麦又恨不得咬掉舌头，脸红得像熟透的柿子扭脸过去不看他。这句话一出口，蒋子明眼睛里刷地一下子燃起了两堆小火苗，再没忍住一用力把小麦拽进了怀里。小麦更不敢看他了，抬手推了他一下，这推也挺矛盾的，面上是觉得该推开，可是却像被抽走了全部力气，更像是打情骂俏。蒋子明的心都跟着一紧，手用力地抱着小麦的肩膀不让她逃脱，低声浅笑道："我往哪走？走哪去？你到底跟我生哪门子气？我前儿等你到后半夜也不见你来，我还没说生气呢你别扭什么！"

不说这个还好，一说这个小麦狠狠地推了他一把，坐正了身子不在他怀里，手也抽了出来冲他低声喊："你还敢提前儿！我还没提前儿呢！我 1 点多跑过来你人都走光了，又何苦说等我！你还不如不说呢！"

蒋子明哑然：原来这丫头别扭的是这个，得，这的确怪自己，落荒而逃不说还在心里冤枉她来着，也没管周围人的眼光，又把小麦强行拽进了怀里。"行了我不解释，今后这样的事情不会发生第二次，你就看在我今晚特意过来的份上别跟我别扭了，给我个面子行不行？"这回轮到蒋子明想咬舌头了，快奔四的爷们了，头一遭说话死乞白赖的，那副气定神闲的样子也不知道跑哪去了。Jack 那几个嘴张得都能塞一鹅蛋了，他们倒是听不清蒋子明嘀咕什么，但这么多年他从未在这群人面前跟一个姑娘拉拉扯扯打情骂俏倒是真的。这要是周围没人，蒋子明只想把话说得再软点，只要怀里的这个女人开心地笑一下。

小麦右手握拳，不轻不重地敲了他胸膛两下，撅着嘴哼了一声。蒋子明低低坏笑着凑近小麦的耳朵悄悄说道："你再这么磨人，我当众吻你了啊。”小麦吓得赶紧噤声。几天了，麦小麦终于重新笑了起来，她并不知道，这种黑暗的阳光丝毫照射不到的地方是不能有感情的，要么被欺骗，要么被重伤，要么会被卷入无穷无尽的是非和遗憾。而真爱，原本在任何地方都是稀缺品。人间都会哪个女子不是经历过一系列期待承诺轻信甜蜜折磨背叛抛弃之后看透世情不再将一颗芳心轻许的？她们自是做的劈开腿的生意，但骨子里的冷淡比寺院里的姑子差不了多少。

但蒋子明对小麦，是很真的，只是他过不了自己那关。如果重新来过，也许他不会选择跟小麦开始，那样就不会痛不会疯魔不会相思刻骨不会……算了，那都是后话了，今后我再一一说给你们听。

小麦去洗手间补妆，卓一墨跟了进来，盯着小麦一脸掩不住的甜蜜，冷冷地靠在门槛上说：“别怪我没劝过你，你我这种身份在这种场合，是不能喜欢一个人的。”

小麦对着镜子愣了一下，淡淡地说：“我知道。”

卓一墨走到小麦面前帮她拢着头发，轻轻叹了口气：“麦，这里你我最是知己，我是担心你受伤。”

小麦笑笑：“我没怪你。”

出来的时候有些口渴，吩咐彩虹给倒了杯水，水有些烫，小麦放在一边凉了凉才喝。小麦性子急，走路风风火火的，吃饭也是囫囵吞下，喝水也急，一口气一杯下去了，像人家那样边吹边小口试喝的在她身上永远看不见。

这杯水进去，大概有半分钟左右的时间，小麦忽然觉得有股不同寻常的气流从脚刹那间冲向头顶，头皮一下子就麻掉了，眼睛里出现了双影……她立刻意识到刚才那杯水肯定是被下了东西了，她强撑着叫了彩虹走到门外，腿脚有些不好使了。麻痹的，什么东西这么厉害……小麦以为自己是被投了毒药了，可是胃肠子并没有疼痛的感觉，只是头皮麻得厉害。

“彩虹……那杯水有东西……带我回家，我家……住……住马路对面，不准……跟客人说……也不准送我去医院。”

小麦模糊的意识里惦记着蒋子明，不想他看见自己的窘态也不愿将这里面过于阴暗的算计供他窥视，无非两种结局：要么鄙夷，要么担心。两种小麦都不想要。而那千钧一发的瞬间，这古灵精怪的主儿也没忘了她的身份，被送医院跟被送警局差不了多少。

那句话过后基本小麦就属于半迷离半癫狂状态，好像过了马路好像听见彩虹哭好像见了门口保安，但是为什么进了家门见到毛团在用六条腿蹦跶？一幕一幕，如同来自虚空，身体好像不是自己的，思维也不是自己的……她好像能穿越过往，黄鹤楼的古城墙，长江边上呼啸而过的火车，灵隐寺的梵音狮子吼，求的那道保佑小孩子的护身符上面的图案那么空旷；弹吉他的少年，剧组片场的盒饭，灯红酒绿鼓声轰鸣的酒吧，开到荼靡妖异的鲜花，还有成群成群如花似玉内心坦荡的姑娘；曾经刻骨铭心的过往在念念不忘的日子里被遗忘，以为心如止水的麻木、嘲讽的嘴角，问谁还记不记得五年前的伤……小麦好像只剩灵魂，可以附着在任何一个过往个体的身上，能清楚地感知每个生灵的情绪，悲伤抑或快乐，期待还是迷茫，最后小麦觉得自己长了一对翅膀，黑色的、坚硬的、层层叠叠粗壮的羽毛，黑漆漆的油亮油亮的光芒，仿佛抖落一下就可以飞……那感觉太美好了，何必在这个操蛋的世界混吃等死呢？拜拜吧，姐不陪你们玩了。

什么东西……小麦紧皱眉头，正要展翅高飞的时候有个讨人厌的异物插进自己的喉咙，像搅屎棍一样在小麦的嗓子里扣挖胡搅——彩虹正在那边哭边用手指头扣小麦的嗓子眼："麦姐你醒醒……"彩虹不知道小麦到底喝了什么东西，那杯水是她亲自倒给小麦的。她此刻自责得要死，怎么也该死盯着那杯水的，酒都是蒋子明倒的没人可以做手脚；小麦如今在人间都会如此红火，想让她出事的人太多了，怎么自己就不多长个心眼子。

毛团似乎感知到了什么，从前几天它断腿之后小麦带它去兽医院，它就变得很依赖小麦，不断地用头磨蹭着处于半昏迷状态的主人，期待她能像从前一样摸摸它的头或者把它抱在身上。

小麦吐了很多东西，彩虹再拍再用力也只是开始吐酸水了，再摸小麦的脖子，已然僵硬了，呼吸也开始变得微弱，身体变得很重，体温转凉。彩虹心一惊：麦姐今儿不是挂这儿了吧？彩虹开始掐人中捏鼻子，反正怎么都不好使，小麦彻底昏迷了。

“喂？是 120 吗？”

…………

麦小麦再醒过来的时候，王玲和卓一墨在她身边，阳光细细碎碎地铺撒在白色的床上，周围都是白色，白色的墙壁白色的被子白色的床单白色大褂的人走来走去。

“水……”小麦嘀咕了一声。

王玲猛地一激灵：“麦！你醒了？？”

小麦睁开虚弱的眼睛：“玲姐我在哪？”

“你在医院。”

医院？小麦张开鼻子和嘴巴贪婪地吸吮白天的空气，好像能把阳光也吸进身体，思维也渐渐恢复正常。医院？

“彩虹呢？”

王玲眼睛往旁边一瞥，不自然地支吾：“彩虹累了，回去了。”

卓一墨在旁边削苹果，淡淡地说：“玲姐，你瞒不住小麦的。彩虹送你来了医院，医生给你做了检查发现你吸食了大量新型 K 粉，便报了警。彩虹对警察说你是她好朋友，因为你从不吸食 K 粉，她跟你开玩笑，便倒了些在你的杯子里，所以……”

“彩虹被警察带走了。”

王玲卓一墨不再吭声。

小麦挣扎着要起来，王玲按着她：“小麦……你冷静点，你起来什么也做不了，彩虹在里面呆阵子也就出来了。咱们这行，进去出来的，避免不了的。况且……彩虹她比不得你，丢卒保车的道理她很透彻。”

“什么丢卒保车，玲姐你这是跟我说笑呢！彩虹对我这是救命之恩，放开！我得捞她出来！”

“你！你拿什么捞！你以为你是谁，捞不好你自己进去！到时候更害了彩虹！”

王玲有点急了。

小麦倒回床上，王玲说得对，捞不好自己进去，高利贷那边没法还，彩虹也出不来。

卓一墨把削好的苹果垫了两片苹果皮递给小麦，看似不经意地说：“你要想让彩虹出来，给朱亮打个电话吧。”

小麦睁大了眼睛，接过苹果疑惑地问：“跟朱亮有毛关系？他公安局有人？”

“嗯。”

仨人都不说话了。小麦想：这厮有这背景，我怎么不知道？不过一细想也靠谱，怪不得那帮孙子对他毕恭毕敬的呢。彩虹这事不大，并没杀人放火危害社会，跟朱亮说说卖个人情，兴许真也就出来了。

“电话给我。”卓一墨把电话递给了小麦。

“朱亮，是我，麦小麦。”

“嗯，我在开会，晚上去看你。”

“帮我捞个人。”

“谁？”

王玲若有所思地盯着小麦，这些时日，这个丫头身上的煞气越来越重了，如同龙游浅水，就快困不住了。

…………

彩虹当天下午就出来了，见了小麦便扑倒在她怀里放声哭：“麦姐……你没事，可吓死我了……那杯水……那杯水是我倒的……我……我……”彩虹哽咽抽泣得说不出话来。

小麦摸着她的头安抚着：“那杯水跟你没关系，我心里有数。那人，我也迟早揪丫出来。只是你……怎么那么傻，帮人顶罪这屁事都干得出来。”

彩虹抽噎：“麦姐……来玲姐这儿后就……就你对我最好，你偷偷买衣服化妆品送我……还总惦记着让我赚钱，做人……不能没良心。”

小麦转过脸去，她不太习惯面对这种莫名其妙的感激，还是在自个儿救命恩人面前，眼眶鼻子都酸酸的，这暗无天日的地方，真心说贱就几两，论贵万金不换。小麦心里暗暗想，彩虹这情意，自己是报定了。当时那心意虽跟韩信受漂母饭食之恩的历史地位没法比，但在小麦的生命里要比那个还重要。

小姐儿俩正在这士为知己者死呢，忘了个重要人物——蒋子明。彩虹送了小麦去医院，但那第一条“不准告诉客人”却是遵守得死死的。都是女人，她明白在中意的男子面前小麦那份别人不理解的骄傲和自尊。所以在蒋子明眼里，麦小麦那晚的离开莫名其妙。国哥问卓一墨小麦哪去了，卓一墨淡淡说的那句“串台呗，只赚一份钱的傻事谁干啊”也一直记在心里。忘了说一句，蒋子明和麦小麦都没来得及给对方留电话，这也倒还算了，接下来的事情可着实让这对苦命鸳鸯大大误解了对方。

8. 问世间情为何物

“呼……”蒋子明又从睡梦中惊醒。这些个晚上已经不知道是第几次梦到麦小麦那个没良心的丫头了。梦里的小麦巧兮倩兮，一双灵动妖艳的眼睛轻轻一弯，就似能勾了人魂魄去。那晚在他怀里，嗯，这儿，就是这儿……蒋子明下意识地摸摸胸口被小麦用小拳头捶过的位置，一想到她嗔怪着又有些娇羞和委屈也略带着点儿愤怒的倔强的模样，蒋子明便觉胸口一热，连带着下半身都跟着起了欲望，内裤竟支起了个小帐篷。无怪乎人说男人在对一个女人有好感的时候，最直接的表现形式便是会对她起有关性的冲动，无论她在或者不在。

妈的，没见过女人么？蒋子明暗骂了一句粗口。起来冲了个冷水澡，来到雾蒙蒙的海边。一望无际深邃的黑暗的大海，卷着浪头冲击着这座已经被蒋子明建得很高的船岛，风吹海浪的声音像隔绝了时间空间，这样单调的声音在寂寞的人的耳朵里愈加空虚。天上繁星点点，这里大概是这城市的星空能见度最强的地方，仿佛天地之间只有一座岛和一个人。蒋子明点了一支烟，深深地吸进脑子里，烟雾弥漫在四周，只有他一个人呼吸的声音。对面有闪烁的灯火，这岛的周边都是食杂店、菜场、超市、海鲜卖场……规模很小，几乎都靠蒋子明这一个岛去养活——他定期举办几百上千人的Party，有政要、明星、商界精英，也有一些只有蒋子明自己知道是谁的人。偶尔蒋子明的船岛也会安静许久，没有了人潮的船岛只剩蒋子明一个和寥寥几个管家，连Jack那几个也不敢在这个时候过于打扰他。

蒋子明心里，埋着很深很深的秘密，不能为人所知，有关性命也有关原罪，这世上每个人都有属于自己的秘密。而蒋子明的，就好像埋在不知名角落的雷，说不定哪天踩到，就会爆炸，所有有关蒋子明的人、在他身边的人将无一幸免，全被牵连。有些事，走了就不能回头，曾经他的态度十分超然，认为人生不过梦中之梦，梦长梦短好梦噩梦最终都会殊途同归，不过一死，不过渺渺，不过白茫茫一片真干净。所以何妨轰烈些，又何妨那些深深浅浅的罪恶。只是竟会有感觉如此真实，又如此凄凉。认识小麦不过个把月的时间，蒋子明的心里如同有张布满灰尘的古琴，被人轻轻拨动琴弦，奏出了灵魂从未听过的美妙声音。原来男女之事竟如天雷勾动地火，动起心来一发不可收拾，不是谁好谁坏，更不是做考试题，满分才会喜爱，只心里有个框，麦小麦不大不小地填补了进来。

矛盾，真的很矛盾。一方面蒋子明不希望小麦陷得太深，若迟早有不可收拾的那天，至少保得小麦全身而退；另一方面又怀着侥幸的心理，万一，他是说万一，这一生可以平顺过去，难得碰到一个如此中意的女子，白白放手岂不可惜！所以小麦表现出来的不专心又让他觉得无法抑制地心里可气。

蒋子明在这无法化解的矛盾中日日忙碌，却夜夜失眠。

小麦并不知道这一点，她每天照样在人间都会混迹夜晚，只是偶尔盯着那个订房的牌子发呆，算起来，蒋子明有快一个月没来了。国哥倒是来过几次，次次闹得人仰马翻，小麦也不知道自己为什么要招惹上这么个煞星。她一旁敲侧击地问起蒋子明，国哥就跟那装醉耍疯，几次下来，小麦也懒得再问。朱亮一直没露脸，给小麦打过几次电话，说最近在忙。小麦没细问，他也不可能跟小麦多说，只是开玩笑道："连他妈无间道都快上演了。"

从上次小麦差点跑阴间找阎王爷玩之后，家里的姐妹们都很警惕，小麦的杯子只要离手，再喝酒水时就会被人倒上新的。彩虹更是神经兮兮的，有时候连夜宵都不出，小麦去哪她去哪看房，活像个跟屁虫。

毛团渐渐学会了三条腿走路蹦跳，都说猫有九条命，可见所言不虚，这货半点没有丧腿之痛，对罐头和鱼果冻的关注与日俱增；由于毛团腿刚断那几天，小麦心里愧疚买了很多很多鱼罐头和鱼果冻拌着猫粮给它吃，结果现在单独喂猫粮毛团就用绝食抗议。小麦每次都骗它："没有了！没，你看，我手是空的，木有罐头木有果冻。"说完小麦摊开手掌，毛团理都不理她，用那三条腿紧着倒扯跑到小麦藏钱的柜子趴在柜角那"喵喵"叫唤——它知道罐头和果冻都放在那。小麦经常仰天长嚎："你能不能不要表现出一明显吃货的样子啊！"不过最后妥协的总是小麦。

认识的都是些新客人，也有熟悉的，比如，林家隆。

"麦姐……"小麦一身鸡皮疙瘩就知道肯定是蓉蓉，小麦屁股往旁边挪了挪佯怒道："你赖赖唧唧的干吗？"

蓉蓉嘿嘿笑着，又把脸凑过来："你今儿让我看 309 呗。"

小麦讶异道："309 怎么了？又不是我的房。"

"是你的，刚订下的，我做完头发从那边刚过来。"

小麦恍然，又问："你今儿不是留房了么，干吗巴巴地跑到我 309 看房啊？"

蓉蓉晃晃小麦的胳膊："麦姐你就说行不行吧。"

小麦点点头："那你和彩虹一起看吧，走吧，309。"

去了 309 小麦才知道，蓉蓉在那犯花痴呢。林家隆一套笔挺的阿玛尼套装，比上次更加阳光帅气，简直帅到让人无法直视。我这么说有点抽象，嗯……跟城市猎人里面的李民浩有得一拼，比李民浩精神点，因为他眼里有清澈见底的单纯和无数书籍累积的睿智。

但还是像个弟弟，因为他正在那打 PSP 呢，小麦凑过去一看，居然是洛克洛克，疯掉了，就那么一黄球，滚来滚去吃东西，有啥好玩的。

林家隆见到小麦很开心，拉着小麦说：“小麦小麦，你来，我准备了礼物给你。”

“什么礼物？”小麦一本正经地问，不知怎么，在林家隆身边就能找到做姐姐的感觉。

“当当当当……”林家隆拿出一个化妆品的套盒。小麦笑笑：“小屁孩，我当是什么呢，我化妆品很多，你今后就别破费了。”

林家隆委屈地撇撇嘴：“这个不一样。”他打开套盒——全部都是古香古色的紫铜盒子，上面雕龙刻凤的：“这是我父亲旗下一家七星级酒店内部的设计师用古方调配出来的真正可以叫胭脂水粉的东西。”

小麦咋舌，乖乖，到底是酒店教父的儿子，连化妆品都有专门的设计师。

林家隆拿起最小的一个圆形周围雕刻的都是祥云图案的紫铜小盒子打开盖子来，拿了根类似簪子的东西挑了一点在手上，又沾了些茶水匀了匀：“连这东西都是羊脂玉做的，喏……我帮你涂。”

不由分说把小麦嘴上的唇彩用纸巾抹掉，用那羊脂玉簪子的有小刷子的一端仔仔细细地在小麦唇上描画着。那份滑润确与别个不同，且甜香满口，小麦对着镜子照了照，果真艳丽不可方物，这才真领会林家隆的一番心思，揉了揉他的头对他说：“好吧好吧，谢谢你。”

林家隆如释重负地笑：“你喜欢就好，古有张敞画眉，今有家隆描唇，都是千古佳话。”

“佳你妹！明明你就是个小屁孩。”小麦弹了他一个爆栗。

“我比你大好不好！”

蓉蓉端来一杯茶，重重地放在桌子上：“唉……本以为还有机会的，瞧林公子这样子，心里是只有我们麦姐了，我也就能饱饱眼福吧。”

小麦哈哈笑道：“你还想饱什么福。”

忽然309门口一个人影闪过，小麦心里一惊，追了出去——果真是蒋子明。

“蒋子明！”

前面大步流星的脚步顿了顿，回头来的脸怎么看都有些铁青。

“你好好地跟你的小帅哥缠绵吧，我只是担心你那天怎么不辞而别了，看你挺好的也就放心了。刚问了卓一墨说你在这，既然你忙着，今儿我把房订给卓一墨了。”

这话怎么听着这么别扭，小麦慌着解释：“那个，你别误会，家隆他……”

“你犯不着跟我解释，你的职业我尊重也理解，只是麻烦你下次要是串房的时候跟我说一声，免得我又等一个晚上。”

职业？尊重？小麦心里像是被什么东西刺到了，来人间都会后小麦最忌讳的就是“职业”这个词，虽然面上就是，可小麦偏就矫情着不接受这词。今儿蒋子明这么明目张胆地提出来，小麦咬着唇站在那不吭声。

蒋子明心里要气疯了，这麦小麦有没有良心？自己倒是为着她整夜整夜的失眠，又担心她出事又担心她另有隐情，害怕见她怕终有一天拖累她却忍不住发贱地跑过来瞧她一眼，这不好好地跟人家描眉画翠呢么？家隆？多亲近，叫自己不还是蒋子明蒋子明的么，真他妈不是自己小心眼好么？哪个男人见到自己的女人跟别人卿卿我我的还能淡定地跟丫说："呦，描得挺好看，来，我帮他一起描？"这会子她又委屈了，咬着嘴唇给谁看？那嘴唇都快咬得发白了，也不怕可惜刚才那眉目如画的小帅哥帮她亲手涂的胭脂？

这些细枝末节的拐弯肠子要是有一旁白都给念出来，蒋子明昔日叱咤风云的形象基本就毁于一旦了。怎么就碰上这么个蔫神，明明就是风月场所一花魁，肯定八面玲珑左右逢源的，有什么大惊小怪的，自个儿绝对是脑子短路了，像个毛头小子一样心里直往外泛酸水。刚才那几句也不该是蒋子明身份该说出来的，就该回头淡淡冲她笑着说："嗨，好久不见。"白白地说完了现在脚倒像钉在这进不得退不得，眼看麦小麦垂着头一副受了天大委屈的样子，蒋子明就想揽过她来好好安抚。但是，凭什么？靠，蒋子明这会子脑子里乱七八糟的快郁闷死了。

俩人正在这大眼瞪小眼呢，林家隆从房里走出来寻小麦，一见这光景莫名其妙地凑过来，伸手摸了下小麦的唇瓣："别咬着，一会咬肿了。"其实台湾人的感情表达很直接，这类的身体碰触对他们来说很自然，林家隆是个较单纯的人，从小家境过于优越没有沾染过社会上的复杂和险恶，对人情世故不说一窍不通也差不多。他这动作一做出来，小麦心里暗暗叫苦：林公子，你是来搅局的吧。

蒋子明脸上的铁青消失了，取而代之的是一种礼貌的麻木，他对小麦说："不打扰了，你们好好玩，我在222，一会有时间你就来串个场，你国哥还等你呢。"说完用那种惯常的似笑非笑似的表情看了一眼林家隆，不紧不慢地踱步走了。

小麦原本就不是喜欢强求喜欢解释的人，刚才冷不防地想要说点什么，又被蒋子明强硬的态度压下去了。已经不是十六七的小女孩子了，被社会逼到这一步谁没点心酸的往事，感情这东西，能不碰，就不碰吧。麦小麦是打定了主意被动到底的，且她本身骨子里就自带一种自卑，这自卑让她像只刺猬，略有风吹草动把浑身的刺就都抖落出来，谁靠近就扎谁，内部的随便一戳就能触及的柔软多数时候被小麦保存得很好。蒋子明，就是个花天酒地的主儿，只不过比别人花得有情调些，归根结底劣根性是一样的。小麦不断在心里重复这个观念，跟着林家隆进房间了。

林家隆给小麦讲了很多台湾的有趣故事，什么小偷偷东西被报警情急之下跳楼摔死啦，什么农场主养猪对猪不好反被猪咬伤啦，什么三联帮的黑社会老大病危各堂主忙着抢地盘啦……台湾是个过于舆论自由化的地区，导致媒体只考虑收视率和抓眼球，过分关注新闻的趣味性和奇特性，所以会觉得台湾最有趣的节目就是新闻。一晚上小麦都漫不经心，林家隆其实也知道，只是他没话找话地想让眼前的女子莞尔一笑而已。

那一个晚上，小麦都没有踏足 222 一步，跟林家隆这边自娱自乐喝了好多酒。许是有心事的缘故，小麦比往日里醉得早些，什么时候睡着的都不知道，只觉得有个温暖怀抱，睡得踏实安稳。再一睁眼已经凌晨 3 点了，林家隆正襟危坐，麦小麦正像猫一样蜷缩在他怀里，猛地一惊，小麦起身理理头发："你，你怎么不叫我？"

林家隆望着她，眼神温柔坚定："你没让我叫你啊。"

"你就这么一直没动？"

林家隆点点头。

"你傻啊。"

林家隆挠挠头，笑了。

接下来的几天，蒋子明天天都来人间都会，也不只订王玲家的房，有时候许真，有时候毛利静，次次都从外面带一绝色女子，但点了名的让小麦看房。当然小麦可以选择不去，可每次只要蒋子明开口，那双腿就跟着了魔似的巴巴地向 222 走，小麦安慰自己是为了那 2000 元钱——蒋子明给看房的钱就是 2000。其实是与不是她自个儿知道。

蒋子明似是故意一般，每次照常与小麦调笑，只是那眼神多了份生疏刻意；而那个瘦弱娇柔的女子总小鸟依人般恬静笑着——不似欢场女子那般张扬，她每笑一下，都像有根细细的针在隐隐约约地刺着小麦的心。小麦视而不见，骄傲地昂着头。

“小麦，麻烦你去帮我冲杯热茶。”蒋子明微笑着开口。

小麦应着，麻利地接过杯子跑去凉水——蒋子明喝茶不喜滚烫的水，会影响他对茶叶味道的判断，所以要先凉一凉再进行冲泡。

望着麦小麦的背影，蒋子明的微笑渐失嘴角。她怎么就那么倔，那么不招人待见！他早就想明白了也不气了，就算麦小麦对 100 个人动心了又如何，自己那颗心不早就被这死妮子搅和得七荤八素的，她肯多解释一句，如那天一般撒个娇,天大的事自个儿都肯抛了脑后了。偏生她就这般，每日里站着，一站就是凌晨三四点，怎么就这么不开面呢！不见她吧，抓心挠肝的，白天就盼着到晚上，最近连生意都没心思做，见她吧她又那么爱理不理，气得蒋子明反复让她做事，非看着她满地转就平衡了些，再转头看她仍是一副骄傲的面孔便又气不打一处来。

前儿带了荔枝来，蒋子明折腾小麦让她剥荔枝，小麦就站在他旁边一颗一颗地剥干净了扔在碗里，也不让别人，蒋子明一颗一颗地吃光。手底下的爷们都面面相觑，这边问国哥：“你说咱哥最近是怎么了，对麦小麦跟有仇似的，是不是这姑娘得罪他了？或者他不喜欢小麦了？”

国哥冷哼了一声：“你只见他折磨这丫头，你怎么不见他酒也不喝吃了一晚上荔枝呢，也不怕撑着。”国哥心里有数，他知道自己跟麦小麦没戏了，但是本来他也没怎么喜欢，就一夜总会的妓，带点脱俗的相儿，能上就上一次，谁还想着天长地久呢。所以国哥一直都想找机会把小麦给办了，就趁蒋子明这几天莫名其妙地没护着小麦，要不以后，就真没机会了。瞧那小屁股翘的，还有那双若隐若现的腿，不定在床上怎么销魂呢，想到这就从小腹升腾起一种原始的欲望。

蒋子明正跟这沉默不语呢，身边的姑娘开腔了。她是蒋子明从前的一个女人，在地产公司做前台的，也是在蒋子明身边最久的女人，有两三个月吧。蒋子明对女人的态度很尊重，从不勉强但也从不纠缠，无论在物质上还是在精神上，能满足的他都尽量满足，但过去的也绝不再重复。所以几天前又把她叫了来，她心里还一阵子狂喜，想着毕竟自己是不同的。来了几日，蒋子明总是当着这个看房的女孩子的面儿对她温柔有加，一转过脸去就恢复了那个似笑非笑的模样。渐渐地，她也看出门道了，心也凉了。

“蒋哥，你招我来，是不是就为了气这个女孩？”

“嗯？”蒋子明没反应过来。

女孩子轻轻叹了口气把头靠在他肩上：“蒋哥，我还是第一次见你像个孩子在跟女人置气。”

蒋子明刚要推开她，眼见着麦小麦冲茶回来，他的手绕个弯把女孩子揽过来用下巴抵住她的额头，一副怜香惜玉的标准模样。

小麦手一抖，茶差点洒满身。心里忽然就有了自怨自艾的念头：这叫什么事？整日里见这对儿跟眼前卿卿我我的，要说蒋子明也不像那么幼稚肉麻的人，要亲热就找一宾馆何必非在人前惺惺作态。真想一杯热茶泼丫脸上。

这么想着，小麦不动声色地把茶轻轻放在蒋子明面前的桌子上，露出一个娇媚的微笑："蒋哥对不起，家隆今儿订了我的房，您这儿的小费今儿我不要了，我先走了啊。"说完也不管蒋子明同不同意就转身离开了。

后面听见蒋子明大声说了一句："Jack，给我在人间都会楼上的宾馆开一房间，今儿晚上我不回去了。"

小麦咬着牙，咯嘣咯嘣直响，忍住转身破口大骂的冲动——其实她没资格，可是一旦你喜欢上了谁，那种占有欲就开始如影随形，所以佛说人生有几苦：爱恨嗔痴，怨离别，求不得，已失去。

9. 这该死的爱情

“哥，我今儿有点不舒服，我先回去了啊。”国哥起身跟蒋子明告别，蒋子明僵着的脸不置可否。

国哥猜得没错，小麦确实是看不下去了想回家。他一路跟着，跟着她过了马路走到楼上，在开门的那一瞬间扑了进去，回头把门反锁。小麦惊恐地盯着他，他晃了晃手上的刀子冷笑着威胁道：“别出声，否则我真动手。”

小麦一见是他，倒松了口气，把头向后仰了仰，活动了一下酸痛的颈椎，甩掉高跟鞋，给毛团添了猫粮，点了一支烟，不紧不慢地朝国哥吐了个烟圈。

今儿的国哥跟往常不太一样，他打定了主意一定在今晚解决了麦小麦，而他本就是流氓出身，小麦摸得准他的脾性，可殊不知，流氓的本质就是卑鄙和不要脸。

国哥一个箭步冲上去抢了麦小麦的烟摔在地上，眼睛红得像个野兽——眼前的这个娘们已经吊了太久他的胃口，若即若离的把戏他玩腻了，若不趁蒋子明这几天的反常自个儿真的就再沾不着这女的边儿了。那些个钱岂不是打了水漂？他冲麦小麦低吼：“少他妈跟老子玩这套，你觉得你多淡定是吧，告诉你麦小麦，我忍你忍够了！”

他一把拽过麦小麦，一手抓住她的头发，一手用刀尖抵住她的脖子：“今晚你顺着我也得顺着，不顺着，我也不会要你命，最多把你的脸划花，你自个儿选！”

真的出乎小麦的意料之外，对这种人的了解小麦还是太嫩了，恐惧如魔鬼般从不知名的角落里窜出来，小麦被刀尖抵住的脖子开始抖，那种抖顺着肩膀顺延到胃，整个胃都在抖，从鼻子里重重喷了一口气，小麦此时的念头打了千万个结：是继续选择以往的方式激怒他还是先稳住他？是拿蒋子明威胁他还是自己先示弱？估计喊了也没人管，真要把这混球惹急了，一刀子戳进去还想不想活了？你们没经历过那样的情景，也无法想象那种恐惧，一个平日里你并不害怕的人此刻手上有让你致命的利器，真不是小麦怂，但是她怕，真心怕。连呼吸都不敢太用力，怕那刀子一不小心划破了她。真真这回小麦叫天天不应叫地地不灵了。

毛团不紧不慢地吃猫粮，头也不抬。小麦真后悔该养条狗啊，最好是只藏獒，咬死后面这个傻逼最好。

国哥自然能感觉到小麦的颤抖，他抓着小麦头发的手猛地向后一拽，小麦不禁“啊”了一声。

“怕了吧？只要你今儿顺着我，我保证就这一次，今后你我井水不犯河水。”说着把刀尖又扎深了一点，小麦略觉刺痛，随即脖子上有湿湿的东西滑落下来，痒痒的，小麦慢慢地伸手抹了一下——血。

小麦抖了抖，倒没那么害怕了，也可能是吓傻了，但想到跟国哥上床，小麦绝对绝对不接受。

所以我担保麦小麦这妮子当时绝对脑袋坏掉了，僵持了几秒钟后小麦忽然幽幽地说：“你敢扎得再深点么？现在我疼。”

受过刀伤的人可能都知道，真正如果划深了反倒不疼，神经都在表皮细胞呢，浅浅割一下才疼得不行。所以有条新闻说一对情侣走路，女的被路过的摩托车砍断了手臂，走了十几分钟才觉得手臂凉凉的，一摸才知道手没了。真正找回来试图接上的时候才开始钻心地疼痛。

国哥哪知道这些乱七八糟的东西，冷不防听到小麦冒这么一句，愣了一下：“啊？你说啥？”

小麦咽了口唾沫，从牙缝里挤出那几个字：“我说，你敢扎得再深点么？”

国哥这回彻底凌乱，他把刀收了，把小麦扳回来面对着他，那双眼睛里的倔强和迷茫看起来那么迷人，连脖子上的血珠看起来都十分性感——一种血腥的变态的性感。国哥把小麦按倒在床上，拼了命地吸吮她的嘴、脖子、耳朵，手也没闲着，撕扯着她的衣服：“小宝贝，你都不知道我想你想了多久了，我怎么舍得再扎深点呢，你就给我一次，啊？就一次……”

小麦没动——动了也没用，她根本不可能有国哥的力气大，挣扎只能徒增他的变态的欲望。小麦心里很绝望，那绝望就像再也见不到明天的太阳——虽然她每天都见不到太阳，但是她知道总有一天她每天都能见到太阳，而现在，就好像这世界从今天开始再没有阳光。

小麦也没表情，国哥的呼吸急促而浑浊，他边撕扯小麦的衣服边在她身上乱摸，然后嘟嘟囔囔吭吭唧唧一些只有他自己听得懂的话。

小麦很悲愤，好像临要上刑场的英勇就义的烈士——不夸张地说，当时那种悲愤确实有异曲同工的感觉。她咬紧了牙忽然伸手扳正了国哥的脖子，直直地望着国哥仰着头一字一句地说："你听好,你要有种,今儿就把我先奸后杀了，否则我逮到机会一定杀了你！一定！你记好了！我一定杀，了，你！"如果有录像，小麦可以看到自己的面部表情有多么狰狞，她说"一定"和"杀了你"这几个字的时候似乎眼睛就是两把刀子锐利地割在国哥身上；这话就像某种祭坛上的宣誓，有不达目的不罢休的坚定。

国哥愣了一下，没头没脑地问小麦："至于么？"

小麦鄙夷地斜视着他："你强不强奸我是你的自由，但至不至于是我的想法，我可以很明确地告诉你，今儿你若把我办了，不是你死，就是我亡。"

国哥盯了小麦半天，似乎在衡量她说话的水分有多少，麦小麦对他并不重要，蒋子明对他才重要，他也从来没见蒋子明像个弱智一般这么对待一个女子；但是有条不成文的规定，他没说，底下的人便不认。而在国哥有限的思维里，觉得麦小麦既然来得夜场，自然上得床，即使是不那么情愿，因为害怕也就从了，更不会四处嚷嚷，毕竟不是什么光彩的事情。可是你死我活的就没必要了，因为一女的，伤了跟蒋子明那边的和气不值当，虽说蒋子明有用得着他的地方，但是惹急了那尊佛的脾气大家心里都有数。

国哥从小麦身上下了来，悉悉窣窣地穿好衣服，垂头丧气地说："算了算了，唉……最喜欢你这脾气也最讨厌你这脾气，男欢女爱这点事你非搞那么血腥。"

妈的是我搞得血腥？小麦几乎想骂娘了，貌似是我脖子上现在还挂着彩呢，貌似是我差点被强奸，你丫有脸跟我说血腥？？再说谁他妈跟你男欢女爱呀，欢你妹爱你妹！

小麦咬着嘴唇闭上眼睛："这事我谁都不会说，但你若再有下次，我真的杀了你的心都有。"

国哥冷哼道："我知道你瞧不上我，你喜欢蒋子明，但是麦小麦你记着，若你跟了我，只是一次失身而已；你真跟了蒋子明，早晚有一天你命都没有，离他远点，这话我真是为你好。"

小麦睁开眼睛瞪着他，一动不动地瞪着他，许久，吐出一个字："滚。"

国哥离开后，小麦忽然想大哭，就如同出生孩童般大哭。那种劫后余生的侥幸、那种事后回想的恐惧，让小麦似全身的力气都被抽掉，特别特别恨，咬牙切齿地恨，恨自己那个不着调的父亲，恨这个跟世界所有正常角落都不一样的阴暗的人间都会，这种恨甚至连带了S城这座表面光鲜实际爬满虱子臭虫的城市。有朝一日了结一切，永生永世我都不想回这里，买张中国地图也要把这个城市用剪子剪掉撕碎，撕得粉碎！天气预报听到这个城市也想跳过去！为什么会有妓女这种职业，为什么会有这种赚了钱也不开心的矛盾！

委屈！我委屈！你们知不知道，我他妈真的很委屈！

小麦穿了鞋子跑了出去，她要跑到人间都会的宾馆去，她想找个人出气，她想狠狠地揍一顿蒋子明！

下楼梯，小麦在奔跑。

过马路，小麦在奔跑。

一路上霓虹闪烁，已经是近午夜的时段。红男绿女相扶而出，推推搡搡，撕来扯去，街边尽是烟火气息，几家碳烤生蚝的小贩正在叫卖……这城市颠倒了昼夜颠倒了黑白颠倒了是非，但是却没有抹去人心里对阳光的向往。

小麦一路奔跑到人间都会的六层——那是个设施豪华房间却不多的酒店，基本是为醉酒的客人以及对姑娘们实行"夜宵快餐"而准备的。六层不是谁都可以进的，除非人间都会的经理们带着才可以来这里，防的是警察。所以不是熟客一般订不了这儿的房间。

小麦一进六层就被保安拦住了："小姐对不起，您得出示本公司经理的工牌否则不能出入这里。"

"滚你妈的蛋，我叫麦小麦，我问你，蒋子明的房间在几号？"

保安双手一摊："对不起，我不知道，知道也不能告诉你。"

麦小麦狠狠地瞪了他一眼，朝着走廊大声喊道："蒋子明！！你给我出来！蒋子明！！"

保安赶紧捂住小麦的嘴，把她向电梯口推，这位姐姐是疯了吧？明明穿着人间都会的晚装，怎么还上演一出跟捉奸记似的戏码。

原本各个房间的叫床声音瞬间停止，被小麦这声吼给镇住了，屋里的估计都在合计，这蒋子明够倒霉的，老婆寻人都寻到这来了。

小麦照着保安的膝盖猛地一脚踹过去。

"嗷！！！"保安直接就跪了，小麦冲到走廊里继续喊："蒋子明！你他妈有种开房别跟个缩头乌龟似的！蒋子明！你给我……"

话没说完，小麦正对面的门开了，蒋子明一把把小麦拽了进去。外面的世界，安静了。

蒋子明似笑非笑地看着小麦，看着她一脸怒气，星目圆瞪，呼吸都不均匀，一头长发因为奔跑而略沾上些汗珠，脸上的妆容有些花了，却掩不住她的倔强容颜。

屋里还有一个，谁啊，就蒋子明身边那姑娘。姑娘愣了愣，尴尬地从沙发上站起来嗫嚅道："你……"

这"你"字还没出口，小麦咬着牙看都没看她直接说："识相点，出去。一会子他要是还找你，你再进来不迟。"

那女的轻轻叹了口气，看了看蒋子明的注意力全在小麦身上，拎包走了。

门刚关上，小麦伸手就冲蒋子明打过去了，没扇脸，噼里啪啦地一巴掌一巴掌扇在蒋子明的胸口上："混蛋！！叫你开房！叫你不理我！混蛋！！"小麦这是把刚才劫后余生的委屈和愤怒全发泄在蒋子明身上了，下手忒狠，几巴掌下去小麦的手就红肿了。想到这几天蒋子明呼来喝去地让她倒茶让她剥荔枝跟她无谓地调笑又温情脉脉地搂着其他姑娘，小麦的眼眶子就红了，仿佛所有的委屈都是这个人给的。其实小麦也不知道当时为什么那么无理取闹，她不明白，之所以有这么深刻的委屈和怨恨，完全是因为有着跟这委屈同等重量的依赖和眷恋。

蒋子明抓住小麦的手把她强行拥在怀里，深深地吸了口气……满心满脑子都是她的发香，这个女人……简直要把人逼疯了。

初次见面，她倔强地扇了阿国一巴掌，不管不顾地就要走，自己也不知怎么了居然把她扣在怀里帮她解决这算不得什么事的事，那一瞬间她的娇嗔和脸红让他脑子抽筋了似地动了念头；教她品酒，看她吸烟时候的迷离状态，临走的时候绝对是疯了会有恋恋不舍的感觉；好吧，就告诉自己是待久了无聊，就像冷不防在撒哈拉沙漠里遇到一株属于热带雨林的植物，人嘛，总会有好奇有新鲜的。这么劝着，没过几天就跑到人间都会去看她，自己一遍一遍地盯着表看等着盼着过了12点了还不过来，这状态忽然就让自个儿害怕了：蒋子明所做的事情是绝对不能有牵绊的，任何有可能的牵绊将来都会是无法预料的困扰。逃也似的离开人间都会，却搞得自己夜夜睡不着，整日里想这个没心没肺的该死的女人，说不见吧，又没挺过一个月，犯贱地过来找她，心想着，就找这一次吧，只是见见她，也不发生什么；这回倒是彻底地失了控，当着那么多人的面低三下四地哄着她，就希望看她笑一下，她拿小拳头不痛不痒地捶着他的时候，几乎整个灵魂都出窍了，那时候就想问她，说吧，你要什么，天上的星星要是能摘下来我也给你；正情浓着呢，她倒好，一眨眼的工夫不见了，招呼也不打一声一晚上都没回来，自己这担心得几天都没精打采，找了很多理由很多借口又说服着来看她，人家好好地跟一小男孩上演你侬我侬呢，不还亲自为她涂了唇了么，她还叫他“家隆”，就对自己这么凶巴巴的，能不佩服她的逢场作戏的能力么！看她蹭着脚尖咬着嘴唇站在那，自己该死的还在心疼，这不是犯贱是什么！下了一万个决心绝对不再找她了，也许就是生命里活该碰上的劫，就管不住自己的腿，迷了魔儿的往人间都会跑，甚至把从前的女人李思甜都叫上，就为了气她。你说这男人大了也跟小孩似的，非跟一妞叫什么劲，一堆正事没干呢，整天跟这算计些没用的，结果呢？没气着她，快气死自个儿了，看她气定神闲地微笑着，好像他们之间从来没有过过往，每天都劝自己说，明儿不来了，肯定不来！一定不见她！何苦自己找气受！到了点儿上就又屁颠屁颠地跑过来，蒋子明平生里第一次这么窝囊！前儿她剥荔枝，站在他身边，就那么一颗颗地剥，也不理他也不说话，好像个机器让做什么就做什么，他是费了多大努力不把她拥在怀里狠狠吻她问她究竟要折磨他到什么时候？蒋子明从来不知道自己有这么变态，经她手剥的荔枝一颗也不准别人碰，结果吃的满肚子荔枝，第二天回来就拉肚子。今晚更是，她怎么能再次因为那个什么“家隆”把他扔一边，气不过，当着兄弟们也太折面儿，就把李思甜带到房间来，其实什么都没做，也没打算做什么。眼前是怎么？又想着他了？是占有欲还是别的都不重要，真的，不重要。只要她肯来，心里还有点他的位置，一切就都值了，他早就认栽了，这缘分是老天给的，能进行到什么时候就什么时候吧，哪怕明儿就世界末日了，天塌了，至少此刻，他的怀里有她。

小麦拼命挣扎，拳打脚踢：“放开！少用抱过别的女人的手碰我！你放开……放开我！！”

蒋子明狠狠地把小麦箍在怀里，用下巴摩挲着她的额头：“吃醋了？嗯？”

“吃你妈的头！你放开！我还没打完呢。”

蒋子明放开了小麦，认真地看着她：“没说不让你打，仔细手疼，拿这个打。”他从地上拎起一只拖鞋递给小麦，说话功夫把上衣脱了，露出赤裸的上身——插句题外话，蒋子明高尔夫球打得好，胳膊上小腹上一丝赘肉都没有，不是肌肉男的类型，但身材恰到好处……嗯，性感。

蒋子明转头趴在床上，一副待宰羔羊的模样，回头冲小麦说：“打吧。”

小麦愣了一下，这混球脑子缺弦了吧，哼，装模作样，好啊，这可是你让我打的。

小麦走到床边，啪啪啪，狠狠地抽过去，蒋子明一声都没吭，十几下过去，背后都开始冒紫色的血点子了，小麦手也越来越轻，打到最后手停半空怎么也落不下去。在小麦眼里，蒋子明俨然一副死猪不怕开水烫的模样，怎么都拿他没办法，拖鞋扔在一边，小麦站在那开始掉眼泪。泪珠子就跟断了线似的，从来S城，小麦再苦再累都没哭过，一打开眼泪的闸门就像把这几辈子的冤屈都哭出来似的。

蒋子明这还等着打呢，抬头一见小麦梨花带雨的模样，心里一阵揪紧，伸手把小麦拽到床上压在身下，半撑着身子帮她擦去眼泪，可那眼泪怎么擦也擦不净，她也不吭声，无声无息地掉泪珠。蒋子明急了拥住小麦："你怎么回事啊，打也让你打了，人也让你气跑了，还哪点不如你意？哭成这样给谁看呢？"

小麦气死了，冲他带着哭腔喊道："给你看……人气跑了你不满意你去找呀！你犯不着……唔……"

蒋子明用嘴堵住喋喋不休的小嘴，深深吻下去，像是要把所有不甘所有思念都融化在吻里，去他的功名利禄，去他的是是非非，做了君王又如何，也比不得眼前女子的一颦一笑。

"嗯……"似乎所有的不满和怒气都为着这个迟来的吻，小麦闭上眼睛，整个身体都在融化。

"我不满意什么……我见不得在意的女人哭，我心疼……小麦……小麦……"蒋子明在吻里失了魂，他的手拂过小麦的脸颊、耳朵、下巴、脖子、胸脯，顺延向下……

小麦脸腾地就红了，无力地推了下他嗔怪道："谁是你在意的女人，刚才那个才是呢。"

"就你是，我心里全是你，你还说风凉话……"

小麦双手轻轻搭上蒋子明的腰，在他的腰上燃起一串火焰。

蒋子明眼睛都红了，闪烁其中尽是欲望："小麦……你逼疯我了……"

小麦眼里居然出现了幻觉，一望无际的沃土上盛开着大片大片的妖艳诡异的花朵，紫红紫红的，双层圆形花瓣好像女子艳丽的裙边，空气中弥漫着醉人的香气，似乎能把人都麻醉掉，而每一朵花都似若有若无地存在呼吸的声音，小麦在这片迷幻中等待重生抑或毁灭。蒋子明进入她身体的时候好像火车呼啸着进入山洞，疯狂的速度忽明忽灭的灯火让人窒息，瞬间见到光明，转而又进入亘古黑暗，又好像被人拉扯着蹦极，从万米高空无预兆地下坠，坠到谷底再反弹回来，灵魂在下坠与反弹之间同时经历着天堂和地狱，那些花朵，那些花朵在呐喊，唤醒了小麦心中原本正静默不动深邃的湖水，那些水开始流动，从汩汩的细致的流淌变成一浪高过一浪的惊涛再变成飞流直下三千尺的瀑布……

很久很久之后，小麦才明白那些不是幻觉，那些花朵真实存在，但也是很久很久之后小麦才忆起那花，虽然绚烂怒放，却有着魔鬼之花的毁誉，它们的名字叫做罂粟。所以人生，很难说到底是潜存的预感还是迷途的虚幻，致人疯狂的总是那些注定要失去的东西。

好像过了一个世纪那么久，也好像弹指一挥的功夫，蒋子明低吼着把压抑许久的沉默结束。似意犹未尽般，他不断地，轻轻柔柔地亲吻着小麦的脸。

“脖子是怎么回事？”

“嗯？”小麦没反应过来。

“刚才你进来的时候我就注意到了，谁弄的？”

小麦这才回过神来：“国哥。”

蒋子明点头道：“知道了。”

小麦脖子下面是蒋子明的胳膊，她把头轻靠在蒋子明的胸口，不甘心地问道：“你跟刚才那个妞，到底有没有关系？”

“有。”回答这叫一个干脆。小麦“忽”地一下转过身来，赌气把身子蹭到他胳膊以下不再枕着。蒋子明长手一伸把小麦紧紧箍在怀里，在她耳边呢喃哄道：“你听我说完……”小麦用手肘拼命向后推他，蒋子明双手握紧小麦的腰让两人中间一点缝隙也没有，用齿间轻咬她的耳垂：“男人单身总免不了这种事情，但她都是往事了，你怎么还不依不饶的，嗯？”

小麦不再折腾，认命地不动：“我吃醋。”难得的诚实不矫情倒让蒋子明愣了一下，随即低低笑了起来。

“好笑么？”

“呵呵呵……不好笑，但是很打动我。”蒋子明的手又开始不老实，边亲吻小麦的耳朵边揉她的胸脯。

“嗯……你干吗……”

“你说我干吗？”

“你不是刚……”

“刚什么？刚怎么……谁让你跟个妖精似的，被你榨干也心甘情愿……”

这话真没邪乎，整整三天，麦小麦都被蒋子明扣在床上没出门，除了睡觉——模模糊糊能睡一会，除了吃饭——都是不知道从哪叫的外卖，基本都在床上做爱。小麦怀疑这男人的身体是铁打的，怎么劝也不听，连说回去喂毛团都不让。还好小麦把剩那点猫粮全倒盆里了，但估计也挺不了三天，这会毛团估计瞪着幽怨的大眼睛心里把小麦骂得连祖宗都找不着了。

最后小麦实在困疯了，干脆把眼睛一闭——你爱干吗干吗吧，怎么折腾我就是不睁眼。蒋子明半靠在床头，点了一支小麦的烟，深深地吸了口，再从鼻子里把雾气喷出来。他摸着小麦的头，实在是累疯了她了，她哪里知道，从她进门的一瞬间，蒋子明就把所有的念头颠覆了。可过往，终究是抹不去的，也许明天，不，也许下一秒，自己就决定不了自己的生死了，每一分钟都有可能是末日之恋。只想在末日之前让眼前的女子快乐一点，今后会不会恨他的心就少一点。人啊，终究还是填补不了自个儿那点对情爱的欲望，遇上了，爱上了，就很难控制不开始，到底还是为这种变相的不负责任找了一个伟大的说辞。

10. 王玲被捕

“铃……”小麦电话响了。蒋子明扯过电话来按了接听键递给小麦。

“喂……”小麦口齿不清地含糊道。

那边是彩虹焦灼的声音：“麦姐你快回来，222，咱家出事了。”

222那边很嘈杂，彩虹说完就挂断了。小麦一个激灵从床上蹦了起来，蒋子明吐了一个烟圈拉住她：“麦，别做了，无论你因为什么原因，终归是钱，我帮你解决。”

小麦把手抽回来边火速穿衣服边说：“我知道你的意思，但是你尊重我，我不愿意依靠任何人解决我的问题，再说也快了，没多久的事，我先走了啊。”

蒋子明点点头，起身去了洗手间。

小麦欲离开时忽然停顿了一下，跟蒋子明这叫什么事啊，这三天迷迷糊糊的，蒋子明既没说爱也没说以后，似乎只是暧昧的男女明朗化了，情人？恩客？嫖……小麦摇了摇头，也许那一刻她的脑子被驴踢了，或是她在夜场待了一段时间思维逻辑混乱了。她只犹豫了一会就从手袋里拿了一红包，包了5000元钱扔床上走了。嗯，按标准这算包夜吧，包夜也就这个价了。

小麦走出去10分钟，蒋子明洗完澡从洗手间里出来，疑惑地捡起床上的红包。

“麦小麦！！！！！！”小麦听不到，但那天晚上人间都会的一到六层估计都对这声心有余悸的大吼难以忘怀。

小麦没先去222，她先跑到马路对面回了一趟家。果不出所料，毛团饿得眼睛都快绿了，见到小麦就好像高尔基扑到书籍上喵喵叫个不停。小麦也没时间管，抄起毛团抱着就向人间都会奔回去。

222里几乎所有的姑娘都到齐了，这才下午4点，小麦莫名其妙什么情况。有人神色冷峻，有人偷偷哭泣，有人焦躁不安来回踱步，有人事不关己靠在沙发上双手抱肩。

一见小麦来，全体都静了下来，像是等待着小麦宣布什么重大的事情。

小麦抱着毛团吩咐道：“蓉蓉麻烦你帮我去买一袋猫粮，要最好的。”

转头再冲彩虹道：“怎么回事？你们一个个的都奔丧了？”

彩虹轻轻抽泣道：“麦姐，玲姐出事了，好像牵扯进什么国际贩卖人口的案子被公安局的抓走了。麦姐，现在家里只能靠你了。”

贩卖人口？还国际？小麦恍惚了，不是组织卖淫嫖娼？扯个逼良为娼什么的也靠谱，怎么还贩卖人口了？

“你等会儿，玲姐出事了，什么叫家里只能靠我了？关我什么事？我又不是公安局的，我捞不出来她。”

旁边一潮汕皮肤白得跟瓷娃娃一样的女孩子——因为她屁股翘，大家都叫她“翘翘”——开腔道：“麦姐，玲姐带了我们很多年，这里面最少跟着她的也有三四年了，她这一出事，我们大家难过不难过的不提，只是财路就全断了。样貌极好的自是不必担心去处，可去了别人家，也难免被排挤算计。满S城只人间都会一家赚钱，而满人间都会就毛利静和许真可跟，但人家名额早满了，其余七零八碎的经理根本订不到能供养这么多人的房间。麦姐，我说得乱，但是你听懂了吧？”

听懂了，因为小麦能订到“供养这么多人”的房间，所以这是想让小麦接替王玲的位子呢。谁干啊，有病吧？原本订房是没压力的一事，现在变成任务指标了，再过俩月父亲那边的债务了了就可以离开这鬼地儿了，才刚跟蒋子明说“没多久的事”，这会子搞这么一出，小麦摇摇头，拎包就要走。

彩虹拽着小麦忽然一下就跪下了：“麦姐，求你了……就算为了我，麦姐……我都32了，平日里须化厚厚的妆才掩得住，玲姐带我十年了，根本不会再有人要我的……麦姐……我还有弟妹要养呢……”彩虹越哭越大声，连带着家里几个同样上了年纪境遇相似的姑娘都跟着放了声。

小麦僵在那，这回她算彻底明白了，失去一个经理对这些可怜又可恨的姑娘们意味着什么。别人她可以不理，彩虹救过她的命，甚至还不管不顾地顶了下毒的罪，只求报得小麦平日里的恩惠，拼命也要护得小麦周全，这情意小麦还没机会还呢。妓女固然不是个好活，但是你让彩虹做其他的她也绝对做不了。这是实话。

“彩虹你起来。”小麦拖着彩虹想把她拖起来。

翘翘开口道：“麦姐，你的事姐妹们多少也知道，你瞧不上咱们这,人各有志咱也不怪你。但是好歹我们姐妹一场，你至少培养一个能带我们的人出来，你再走绝没人拦你。”

彩虹抓着小麦的手，像抓着根救命稻草，拖曳地跪在那不肯起来，眼神中的期待和绝望同时存在，那光芒逼迫得小麦心像刀扎一样难受。

小麦长叹了一口气：“好吧，你起来，你们其他人还有异议么？”

一屋子的女孩子一改愁容，全赶上来围着小麦一口一个：“麦姐”。

“麦姐你交代，今后咱们就是你的人了。”

“麦姐，听说你在公安局有路子，今后是不是能护着咱们不再受气了？”

“麦姐……”

毛团被这些人吓到了，瘫在小麦怀里不知所措。小麦仍然是糊里糊涂的，也不知道这种角色的转变将为她带来什么，脑子在此时就是空白的。

小麦环顾四周发现少了一人，她开口问："卓一墨呢？"

正说着，卓一墨从门口进来了，仍旧是一色的白T恤、牛仔裤和一闪亮的小帽子。而毛团忽然像见到鬼一样凄惨地嚎叫——那真的是嚎叫，比野猫叫春的声音还要瘆人，小麦几乎承受不了这种耳膜的刺激要扔了它了。毛团不仅嚎叫还筛糠一样地抖，抖得小麦都觉得冷。毛团用那双晶亮晶亮的眼睛直直地盯着卓一墨。

卓一墨脸色苍白，不再走近。

小麦心里猛地一震，她不可置信地盯着卓一墨，牢牢地盯着她，似乎想穿透她的皮盯进她的心。

"为什么？"小麦的声音在抖。

卓一墨不说话。周围的女孩子不明就里，看看卓一墨又望望小麦。

"K也是你下的？"

卓一墨点点头，随即一扬头，倔强地回看着小麦，那眼神里没有丝毫抱歉："你要是想知道为什么，我们单独聊。"

咖啡厅里，卓一墨用手指拨弄着搅拌咖啡的小银勺，那手指如水葱一般，细细尖尖，白如美玉，指尖豆蔻，鲜艳如血，更显她皮肤的白皙。小麦怎么也想象不到这双手是如何残忍地割断了毛团的腿。想到那个情景，小麦就不寒而栗。比起愤怒，更多的是疑惑，小麦很疑惑卓一墨为什么要这么做。为了钱么？卓一墨在S城有七八套房子，仅就房租这一项就足以保证她一辈子衣食无忧。那是为了名？更不可能，一个夜场的名气有什么好争的，况且卓一墨知道小麦的过往，她知只要过了这段时间小麦就会离开人间都会，到时候第一头牌的位置仍然是她卓一墨的，难道连这么短的时间都忍不了么？为了嫉妒？为了男人？想破了脑袋也想不出卓一墨之所以这么做的理由，一个人怎么可以在做了这么残忍的事情后还能淡定地坐在床边给小麦削苹果，为她出主意找朱亮捞彩虹？

许久，卓一墨像是下定决心般抬头望着小麦。

“不管你信不信，接下来我要说的是实话。毛团的腿和给你下K这两件事的确是我做的，但结局却不是我预料得到的。”

小麦没有回应，只是盯着卓一墨，后者眼神坦荡，没有丝毫矫揉造作。

“我原本只想给毛团弄点小伤，留张纸条给你吓唬你让你离开人间。可我一进门它就凶狠地扑了上来，我情急之下手没了轻重，弄断了它的腿，我也很难过。”

卓一墨继续说：“下K那件事，我更没想到你会全部喝掉那杯水。我原本以为你最多喝几口，那东西上劲快，依你的聪明不会再继续喝，我也就好挑拨你和蒋子明之间的关系了。”

小麦冷冷地反问她：“你为什么要挑拨我跟蒋子明？你喜欢他？你爱他？你他妈的为什么不用点光明正大的招数？是他妈谁说的男人不重要，重要的是我们姐妹之间的情谊？

你对我的情谊就这么点？”

卓一墨垂下眼睑，把头仰向天，靠在椅子上轻轻地叹了一口气，没回答小麦的问题，却问了句没头没脑的话：“你这三天，跟他快活么？”

小麦内心的惊讶简直不能用言语去形容，她尽量做着表情控制，平静地问道：“你跟踪我？”

“看来，你是很快活。”卓一墨的声音很轻，好像一片羽毛，那语气里的绝望让小麦莫名其妙。

“现在我做什么都没用了，又一个被男人糊弄的傻女人。小麦，你顶了玲姐的位置，今后我会帮你的，再不会跟你有二心了。”

卓一墨起身绕到小麦的身后，轻轻拍了拍她的肩膀：“单我买完了，小麦，对不起。我知你是不会原谅我的，但是在我心里，也不会原谅你的。”

说完她轻飘飘地走了，好像一个大病初愈的人，如抽丝般踉踉跄跄。

“有病。”小麦恨恨地咬着牙尖，“全他妈有病。”

S 城，蒋子明的船岛上。

“啪！”蒋子明狠狠地扇了国哥一巴掌。

国哥一个踉跄没站稳摔倒在地。

Jack 吓得赶紧劝：“哥，您当心手疼。”心里还纳着闷呢，蒋子明从来都不曾发过这么大的脾气，阿国行事是鲁莽了些，但这么多年跟在蒋子明身边鞍前马后没功劳也有苦劳，到底做了什么事惹得一向温和的蒋子明发怒至此。

国哥站了起来，揉揉脸不服气地嘟囔："哥，你就为一个妞这么对兄弟，兄弟心里委屈。"

妞？什么妞？敢情发这么大火是为了一个……女的？Jack瞬间就想到了麦小麦，这妮子有多大魔力让蒋子明认真到这个地步？

蒋子明淡淡地说了一句："她是我的女人。"

国哥和Jack同时瞪大眼睛倒吸了一口冷气，尤其是国哥，心里后怕得发紧：原以为蒋子明只是动了心思，过阵子可能也就腻了，在他们面前宣称是"他的"女人，绝无仅有头一遭。那天幸亏没把小麦怎么着，这要是……蒋子明不得把自己扫地出门？

国哥也不委屈了，点头认真道："哥，从前我不知道，现在我知道了。您别气了，今后对麦小麦……呃……今后对嫂子我保证绝对尊重。"

"噗……"Jack没忍住笑了出来，"嫂子"这词儿安在蒋子明身上怎么听怎么奇怪，转脸见蒋子明不置可否，居然默认了，尴尬地咳了两声把刚才那声笑给掩过去了。

11. 千奇百怪的夜场

从那天起，小麦正式成为了人间都会的 300 多位经理中的一位，每周四下午 3 点去公司开例会，周一晚上临开场子前给自家的姑娘们开会，主要鼓励她们多接客人多聊天多完善自己的事情。其实每次说这个小麦都觉得很别扭，好像做了什么逼良为娼的事情，虽然她们也不能算作是良。小麦的穿着也从晚装变成了黑色的西服套裙、黑色丝袜、黑色小平跟鞋（为了跑着更方便），每晚为了推销自己的姑娘忙忙碌碌。

卓一墨从那天起开始回避着小麦，但是她的订房量却如过江之鲫般与日俱增，且卓一墨忽然变得特别霸道，她的房间别人家的女孩子进都不能进。每次卓一墨的房间，八个一组八个一组的小麦手里的女孩子都试完了，若是还有男人身边是空着的，卓一墨会告诉小麦让她带别人家的女孩子进来；但她并不是真心这么说，小麦跟她有种天然的默契，若真想叫别人家的女孩子，怎会让小麦去带？

所以小麦便让刚才试过的所有女孩子重新八个一组地再来一遍，这帮二货看了那么久根本一个都记不住，再说这里的女子本就个个出挑，换了谁家的按相貌比也都一样。你别说，重新再来一遍还真有能选上的，这也就是这帮男人的鬼祟心理，总觉得好的在后面，其实他挑的还是最初进过房的那一批，还自以为多有选择权。若是这样也选不中，卓一墨会在房间里面拼命劝酒，等哥们喝得差不多了，再让刚刚试过两轮的女孩子们换成日常衣服两三个两三个地单独进来——这有个名词叫“强推”，通常都会这样介绍：“哥哥你来看这个，这个是这新来的，您是她今天第一个客人，你看相貌身段都不错吧？要不要试试看？”基本三轮下来，卓一墨的房间就满了。

卓一墨这么做，等于是倾尽全部力气供养小麦一个人，一般人间都会的女孩子们不会如此。先让自家女孩子进房是规矩，但是自家女孩子进完了也不让别家进，会得罪其余全部经理。与之对应的，卓一墨在没有房间的情况下，别家经理也不会让她进，会专门把她拎出来甩在一边。

小麦只在心里轻轻叹气，有心想劝卓一墨几句，她却置若罔闻，对小麦不理不睬，小麦只得暂时撂开手。

只是做了经理后，有许多情况小麦长这么大闻所未闻。大开眼界的同时心理都似变得扭曲，直感慨人怎么能如此活着。小麦要管的事情很多，什么客人做爱不戴套啦，包完夜只给快餐的钱啦，男人领出去的结果酒店里是一女同性恋要求发生关系啦……你说这都什么事啊，遇到这些小麦真是一个头两个大，但是慢慢地也都处理出门道来了。但是有些事情却是小麦不能容忍的。

有次翘翘跟一个叫平儿的（也是小麦家的）同时被一男的选中，酒过三巡之后那男的相中了平儿，要带平儿出去夜宵。按理这是常有的事情，小麦细细问了地点、价格，又半玩笑半威胁地强调了一遍：“这位哥哥可要好好疼我们平儿，若辜负了，咱们可是不依的。”男人哈哈大笑，搂着平儿走了。

第二天平儿哭着来找小麦，说的话让小麦人生观直接崩溃。

“麦姐……呜呜呜……翘翘太不是东西了，我一个月没几个客人，她还跟我抢。”

原来事情是这样的，当晚翘翘气不过为什么男人选了比自己差些姿色的平儿，在喝酒的时候就飞扬跋扈地把平儿推一边，自己跟那男的说：“你不能带她出去，你今晚必须跟我睡。”男的问她为什么，她跟人家直接来了句：“因为我刚换了手机，这个月没钱了，你必须跟我走。”这话显然是有点喝多了，而来这里的男人吧，多数都是你越要上赶着越不成买卖，他偏就在那晚中意了平儿执意带了平儿出去。

翘翘打车一路狂追，在人家两个到了宾馆之后“咣咣”敲门，颇有不给开门不罢休的劲头。后来那男的无奈把门开了，翘翘冲进去之后好像老婆见了二奶的气势指着平儿道："你给我出去，今晚这活儿是我的。"

"麦姐……呜呜呜……当时我就觉得……都是自家姐妹，既然过来了，就一起双飞算了，那客人也是个大方的主儿……没想到……"

小麦面上没露声色，心里快疯掉了，这观念太超前了，什么叫"都是自家姐妹，就一起双飞算了"？妈的，在这待了这么久了还是接受不了这种非正常的理论。但是接受不了归接受不了，平儿的论调在人间都会是值得称颂的，这里有独特的价值观和道德观，跟地球不一样。

小麦端坐在222的沙发上，她知道这时候最重要的是让平儿把委屈都说出来，事情该怎么处理她正在脑子里飞快盘旋。一众女孩子都在看热闹，其实小麦知道，她们个顶个地难伺候，除了彩虹是一心一意地追随小麦，其余的人只是利用而已；因为小麦有房，有了房才有男人，有了男人才要她们。但若处理不好这类纠纷，会大大降低这帮姑娘对小麦能力的判断；不服管束的人一多，于小麦没任何好处。小麦瞄了一眼彩虹，心里喟叹，人当真不能欠人情。

平儿说，心里有了双飞的念头后反而踏实了，客人也同意了。但在她脱了衣服去洗澡的时候，翘翘忽然冲进去把喷头开到最热对着平儿猛喷，边喷边让她滚出去。事情的结局是平儿收拾衣服走了，翘翘留在了那间房里。

正说到这个点上，翘翘一阵风似地进了来，进门就扑在小麦腿上哭诉："麦姐给我做主！！昨儿接的那个客人只给了我700元，若再扣了给麦姐的提成就只剩500元，连打车费都不够！！”说完装腔作势哇哇大哭。

“闭嘴！”小麦呵斥。222的女孩子们集体吓了一跳，化妆的弄头发的换衣服的全停了，齐刷刷地盯着小麦。

小麦指着翘翘一字一句道：“你还有脸跟我说只给了你700元？翘翘你给我听着，从我带你们那天起，就只有一个原则：你们必须团结，自家人踩自家人的事我接受不了，这是底线！你是不是把我说的话都忘了？”

翘翘呆呆地看着小麦，她可能有点下不来台，又有点懵，这才发现旁边泪眼模糊还在抽搭的平儿，一下子明白了，低头不吭声。

“看你这样子，平儿说的都是事实了？好，打今儿起，半个月不准你进房。”小麦站了起来，环顾四周，“你们一个一个都给我听好了，前儿我一直在忙，忙着适应这里适应你们，所以疏忽了对你们的管理。你们若做不到相扶相依，至少不要互相倾轧；跌倒了油瓶儿踹一脚，互相拆台，让别人看笑话的事有一件算一件，我挨着个的罚。今儿拿翘翘做鸡，给你们这些猴子看，若再有下次，直接踢了你出去，爱跟毛利静还是许真，你们自己看着办！我就不信，一个自家经理不要的人，还有别的经理愿意要！”

“你们都听清楚了？翘翘！我罚的你服不服？”翘翘低头不吭声，平儿也不再抽搭了。

小麦语气缓和了些，继续说道：“当然，有罚必然有赏，若看到你们谁试不上房还尽心尽力帮着自家人推人谦让的，我的房间她第一个看，每月的管理费也少交200。”

这话一出来，姑娘们都议论纷纷：“真的假的？只要这么简单每月就能少交 200？”“得了，未必说的是真的，过后她就忘了。”“她就想要一面上的平静，下次做个样子呗。这还不简单。”

其实夜场里的女子在性事上复杂，却在人事上单纯之极。管理她们有时候就好像管理小学生，需要表扬需要批评需要鼓励需要打压。每月少交 200 元，对她们来说都不算什么，可就像是卓一墨可以不穿工装一样，要的就是这份与众不同的感觉。所以姑娘们还真在意这事了，明显从那天之后开始谦让开始有了“自家人”的概念。这种气场一旦形成就愈演愈烈，因为大多数人都这样做，如果“我”不这样做，就像要被这个群体抛弃；就像人们都喜欢盲目追逐群体安稳，即使站在悬崖边上，只要他们不觉得孤单就好。

人间都会渐渐出现了一种诡异现象，在门口试房的通常会听到这样的声音：“我没试上，人说喜欢大屁股的，让咱家蓉蓉先去，赶紧的！蓉蓉！”

或者这样的声音：“宝贝加油！我在来的路上看见 301、302、309 都在试房，你们试不上快点去那三个房间！”

…………

在经理们惊讶的眼光中，他们慢慢知道了凡是发出这种声音的一定都是麦小麦的人。而回去给自家姑娘开会的时候也会偶有训斥：“你们争什么争！学学人家麦家的！”

而小麦说到做到，准准地断了翘翘半个月的财路，打那之后手底下的人再也不敢有互相争抢客人的事情。

同时，做了经理后，小麦也经历了一些十分搞笑的事情。

有次毛利静的房，她家的姑娘一个没试上；这边小麦家的眼尖手快又抱团，所以门口黑压压排的都是麦家的姑娘。小麦站在门口只等前面那一拨出来再领八个进去。

只见蓉蓉拎个亮闪闪的黑色水钻手包蹭到队伍最前面，当天也亏得前面那房试的时间比较久，蓉蓉素来是个急性子，等得不耐烦了就绕到房间门口瞄了一眼，这一瞄不要紧，蓉蓉仿佛见了鬼一般拼命向后跑。小麦在门口喊了一句："蓉蓉你干吗去？慌慌张张的。"蓉蓉回头噤鼻子瞪眼睛地做"嘘"的手势，做完转头继续跑。

小麦不解地看了看房间，没什么啊，就几个普通的男人，于是走到走廊拐角处，蓉蓉正靠那蹲着，右手还在不断拍胸口，好像受了多大惊吓。

"咋了？"小麦问。

蓉蓉喘着不匀的气儿这边跟小麦蹦出俩字儿："我爸。"

"啥？"

"我爸！我爸！我说里头坐那是我爸！"

能有个3秒钟吧，小麦开始爆笑，上气不接下气，敢情这是躲爹呢。也是，蓉蓉那爹可是S城数一数二的商界人物，这要是一字排开看到自己的宝贝女儿站里边试房，也不知道老子是什么滋味。估计回去蓉蓉一顿胖揍是免不了的。

"麦姐。你行不行啊，至于么笑成这样？"

"哈哈哈……不至于不至于……真应了那句古话，夜路走多了总是要撞见鬼的，常在河边走哪有不湿鞋的。我说你也是，放着好好的富家小姐不做，来这里鬼混什么？”

蓉蓉站起来拍拍裙子褶，白了小麦一眼道：“麦姐，我可不觉得我这是鬼混，我比我爸真实多了，他那才是真正鬼混呢，谁说夜场不是工作，我就挺以这个为荣的。”

小麦快笑昏了：“你……你你还一堆歪理，以这个为荣你跑什么跑，进去试房去啊？”

蓉蓉点了支细细的 More 冲着小麦吐了个烟圈：“那不一样，他好歹是我爹，我得照顾他情绪，这要是我男朋友我一准进去试房。”

小麦至今想起来蓉蓉的话仍觉得那妞儿是个角色。打那之后，每逢试房蓉蓉都鬼鬼祟祟地先往里面瞄一眼，确定不是她爸她才晃悠进去。

当然，也遇到了许多奇奇怪怪的客人，没做经理的时候小麦总觉得国哥就是极品了，然而现在她才发现比国哥极品的人大有人在。男人们来这里都是寻个开心刺激的，所以要求尽是千奇百怪。

有次一个自来房被分派到小麦名下，为首坐着的是一巴西籍的华侨，哥们选遍了人间都会的姑娘也相不上一个。小麦急了，蹬蹬蹬走到哥们面前微笑道：“你到底喜欢什么样的？也甭让她们一个一个进了，我瞧着也眼晕，你说标准，我亲自去给你挑！”

哥们直接来一句，小麦差点昏倒了：“你这儿，有警察么？”

小麦直翻白眼："这个，真没有。"

哥们拽着小麦："你听我说，我小时候吧，比较淘气，总被警察逮到局子里去，家门口派出所那女警察没少欺负我，长大了我就想尝尝警察的滋味。"

小麦站在那摸了摸他的头像哄孩子一样道："乖哈，在咱这找不到警察，你换种职业行不？"

"你们这不是收入高么？就没有警察晚上来找个兼职的？美丑不重要，是警察就行。"

小麦快无语了："OK，就算，我是说就算晚上有找兼职的警察也不可能告诉我吧？难道她说，姐姐白天是警察晚上来做小姐？"

一句话把哥们也说乐了："也是啊，你这人怎么说话这么逗啊？"

小麦顺势坐在他身边给他倒了一杯茶："要不这样，下次你再来的时候给我打一电话，我让手下的姑娘们全穿制服，海陆空特种部队你随便挑，你觉得成不？"

哥们眯起眼睛想象了一番，乐得直点头："成啊成啊，只要看起来像警察就行。那今儿你陪我吧。"

小麦脸色一变，站起来仰着小下巴淡淡地说："对不起，经理不陪客人，我还是帮你挑一好姑娘吧。"

"你别误会，我只是觉得你挺有意思的，咱今儿就聊天，不喝酒我也绝对不冒犯你。"

那一个晚上天南海北地聊，什么政治财经娱乐八卦、古玩字画诗词歌赋、音乐游戏制服诱惑，直说得周围男的全部睡着，姑娘们也都熬得靠在沙发上直打盹，最后哥们直接认了小麦做妹妹。

“妹子你听哥说，哥从来没在夜场认过妹子，今后你就是我妹子。”

小麦何等聪明剔透，一看就是个掏大钱的主儿，微笑地点头答应。

随即哥们从兜里掏出了 3000 欧元塞给小麦，小麦直摇手：“这可不行，都说好了你是我哥，今儿的酒水还要给你打折呢，钱你收回去，否则我翻脸了。”

这话半真半假，小麦当真今晚聊得开心，另外依照麦小麦的脾气秉性，绝对不是杀鸡取卵的短浅之人，能一次拿得出 3000 欧元不打哆嗦的将来会是给姑娘们留着的难得的恩客。有朝一日小麦走了，还指望着这些留得下的客户帮忙照顾她们，所以面上的这点钱，小麦真没瞧得上。

小麦这一推，对方就执意要给：“你拿着！嫌少是不是？我知道跟你谈钱俗了，但我今儿也没想到能遇上你，所以没备下礼物，叫声哥也要有改口费的，拿着拿着！”

小麦推，对方让，推来搡去把周围人都吵醒了。大家眼瞪着眼看着这俩人。

“快他妈别推了，你要真给哥哥面子，待会他们见了我给钱也是会给你的，他们的你别要就成了。”

话说到这儿，再推就矫情了，小麦大方收了。

果然在结账的时候，十几个男的一人给小麦扔了 1000 元，小麦每一个都在认真拒绝；但不知这巴西籍的哥们什么身份，大家都诚惶诚恐地非给不可，结果导致每个人都像逃一般地扔了钱就跑。小麦追不上，撒了满屋子的钱。

彩虹盯着这堆钱羡慕地说：“麦姐，真真我们比不得你，我想破脑袋也想不明白为什么你都推成那样了，他们还非要给呢？我每次都不拒绝他们的任何要求，可从来没有人给我多过哪怕 1 分钱，男人都这样么？”

小麦回头抱着肩膀道：“不是男人都这样，而是人都这样，太容易得到的，会认为这是理所应当，不珍惜，变得寻常。这道理适用于亲情友情和爱情。”

彩虹呆呆地站在原地，望着比自己小将近十岁的小麦，若有所思。

12. 单纯如纸的男孩

花开两朵，各表一枝。这边说说林家隆，小麦自从上次被国哥偷袭后就换了个保安环境较好的小区，两室一厅。房租虽说贵点，但这里的保安是真尽心，一只苍蝇都不带放进来的，连叫个外卖都必须出示身份证然后由业主亲自下来取。保安最近跟小麦比较熟，每次小麦下楼的时候保安便会给她递东西，有时候是一杯热热的奶茶，有时候是一束鲜艳的玫瑰，或者干脆就是一张涂着笑脸的小纸片，上面写着什么“祝美丽的小麦童鞋今天财源滚滚”之类的话。别误会，不是保安有这份闲情逸致，实在是我们林少爷时间太充裕了。小麦开始的时候也就是一笑而过，后来送的东西越来越杂七杂八：什么仙剑奇侠传四的游戏套装啦（那时候仙四刚上市，小麦只说过一句“想玩”），什么专门种植的益母草啦（小麦从小有些内分泌失调）。最离奇的是有次保安很惊愕地看了小麦半天，小麦问他今儿又有什么东西？保安挠了挠头，递出了一个锅盖。对，你们没看错，就是做菜的时候焖在炒勺上的那个玻璃锅盖，原因是小麦前晚跟林家隆说做饭时候不小心将锅盖弄碎了。但是，这个，太奇怪了啊！

小麦深吸了一口气劝自己淡定，对林家隆那种小孩子来说，没有什么是他想不到的，她微笑地谢了保安。

保安嘿嘿干笑着："那个，你男朋友，挺奇怪的。"

岂止是奇怪！简直是奇形怪状好么！小麦懒得解释。自从小麦做了经理，林家隆是日日必来，他也不烦她，每次若小麦忙，他就自己准备上好的白葡萄酒，自斟自饮。小麦知他是一片好心来捧场，但是这个锅盖今晚必须得说道说道，这孩子再胡闹下去估计什么内裤胸罩之类的都要送出来了。

所以这晚小麦一到人间都会便开始查房卡，直奔着林家隆订的 234 过去了。

果不其然正跟那玩 PSP 呢，这孩子穿了一件时下最流行的英伦范的吊脚裤，粉色丝质的衬衫却恰到好处地衬托出了那副阳光的气质，就是看着有些别扭。这别扭小麦仔细想了想，嗯，就是太完美了，没一处可挑剔的才觉得诡异。

林家隆一抬头见是小麦，咧嘴笑得可开心了："麦麦，送你的锅盖好用么？"

哪壶不开提哪壶！小麦坐过去弹了他个爆栗："家隆我告诉你，以后不准再送东西了。"

"为什么？"孩子嘴角一撇，委屈地问。

“不为什么，你不知道楼下保安看我的眼神，像看一只怪物。”

“你在意？”

在意？谈不上在意，只是……

小麦认真地问：“家隆，你是不是喜欢我？”

林家隆放下PSP，很郑重地点了一下头。

小麦长叹了一口气：“死了这条心吧，我们不合适。”

这回他倒没再问为什么，但表情上有些受伤，一闪而过又开心地笑起来：“我知道，麦麦，我不可能娶你。我们家的那个样子估计也会拘束了你，不能给一个人幸福的一辈子就不要奢谈婚姻对吧？”

孩子自问自答道：“麦麦，我从来没见过像你这样的女孩子，你会摸我的头会弹得我很痛会说粗话会发脾气，也喜欢好看的东西却不是因为它们的金钱价值，你心底有份道义，对你爸爸包括对我，你不喜欢我来这里，可我喜欢你。”

“家隆，你从小见的女孩可能太高端了，所以你见到我这种市井烟火气息较重的女子才会动心，你……”

“你听我说完，我只是想对你好而已。你听过那句古诗吧：‘人生得意须尽欢，莫使金樽空对月。’早晚有天我们会在两条越走越远的直线上，那么何不在相交的时候就快乐一点？你把我当弟弟，我也乐得你当我做任何一个身份。即使你喜欢别人，我也不生气。真的。我不生气。”

望着那张单纯坚毅的脸，小麦忽然有些小温暖，这孩子今天说的话如此透彻又成熟，林家隆是小麦在这里碰到的最美好的人呵……只是为什么会有些心痛呢？不，不是你们所理解的传统意义上的狭隘的占有欲，而是他活得如此阳光坚强，说的话也温暖如斯，只这话里竟蕴含着深深的身不由己。这世界很公平，你看他眉目如画英俊挺拔、你看他家庭显赫一世荣华、你看他将来重权在握金山银厦，只是普通人所不屑一顾的自由、烟火男女最习以为常的幸福，注定与他无缘。这种无缘自林家隆小时候起便耳濡目染一清二楚。而如今，他能活得如此通透，真真是，难为他了。

小麦鼻子有些酸，揽过了孩子的脖子拍拍他的脑袋说："好家隆……对不起……是我不好，说这些让你不开心……"

林家隆一如既往地笑："我很开心呀，今天又见到你了，还说了这么多话。"

也是赶上寸劲了，真不是我故意跟你们矫情，实在是次次林家隆如此这般的时候蒋子明都能赶上。要说小麦也是够背的。从上次她"嫖"了人家给扔了5000元红包，当晚蒋子明出了事情赶往泰国，这段时间一直没腾出空来见她。这不刚下飞机就火烧火燎地赶到人间都会，一身杀气，那架势披着盔甲拿着剑就能杀人了。

蒋子明赶到222迎头撞见了卓一墨，劈头就问她："小麦呢？"

卓一墨瞅了他一眼，不冷不热地说："你过来，我跟你谈谈。"

卓一墨把蒋子明带到了一个没人的房间，拍了拍沙发上的灰尘，翘着二郎腿坐在上面点了一支烟。

蒋子明站在门口，抱肩斜靠在墙上，看样子不打算坐过去：“卓小姐有什么指教？”

“你去泰国，事情还顺利么？”

蒋子明挑挑眉不置可否：“我想这与卓小姐无关，不过我佩服你的情报能力。”

卓一墨哼了一声，吐了个烟圈：“蒋子明，你要是真心喜欢小麦，就离她远点。”

蒋子明勾起嘴角，似笑非笑道：“卓小姐似乎控制欲很强，谢谢你的忠告，没什么事我先走了。”

“马猴子是你的手下吧？”

蒋子明心里一惊，面上却是沉静如水的样子。这都是三年前的事情了，这姑娘是怎么知道的？刚握上门把手的手停了停，没再动，慢慢地转过来没表情道：“卓小姐，我不是黑社会，没有手下，并且你说的这个人，我不认识。”

卓一墨没理他自说自话：“马猴子是国哥的手下，三年前我去翡翠珍珠（S城另一夜总会）串场子见过他一眼，后来他是怎么进去的，我想你应该比我清楚。而国哥手里为什么会有纯度如此之高的市面上都见不到的冰和K粉，你可能也不意外。蒋子明，你根本不必担心，像我这种三脚猫的货色，也就是能猜出来一些东西，可是我完全没有证据。能把你和这件事联系起来的，目前世界上也不会超过一个人。原因很简单，你在乎小麦，我也是。太在乎一个人就会联系所有胡思乱想，有时候，这种胡思乱想也可以有清晰的逻辑。”

蒋子明直视着她，眼神深邃莫测、无喜无怒，似乎卓一墨说的与他完全无关。

“蒋子明，我从未跟别人说过我的年龄，我今年 34 岁了，在 S 城的夜场混迹也有 18 年了，再没心机的一个人也早该磨砺出来。做我们这一行的有几个不是面似红颜心如白发的？小麦不是这里的人，她终究要回到她的世界去，你是要把她带到你的世界去，还是你能随她到她的世界去？如果你都做不到，你岂不是爱了她又毁了她？”

蒋子明依旧不说话，可内心却波涛汹涌，心底的渴望和绝望如两条带刺的藤蔓纠纠缠缠。卓一墨这女人看得透彻，精致的妆容让她看起来不过 22 岁左右的年纪，但略过欢场之后的眼神却泄露了她的全部秘密，那么锐利又不掩饰的精明和算计。但其实，自己又何尝看得不透彻，那阵子纠结来纠结去不见她又忍不住，刻意疏远却又喷涌而出的叫做“爱”吧。卓一墨没看到的自个儿也想过，他跟小麦，岂止是谁去谁的世界这么简单！现在的蒋子明就好像是在鬼门关的前面来回逛游，万一哪天阎王爷看他蹦跶得烦了，直接给丫收了，那他跟小麦的界限就是生和死，小麦敢跨过来么？就算小麦敢跨过来，他舍得么？但是要如何割舍掉心里那份时时都在的牵挂？这种牵挂的存在本身就是一种自私吧。原本，蒋子明心底到底还是有着一丝侥幸的：万一可以安然到老，万一自己这么多年铺垫的人情关系网没有漏洞，那么错失小麦，这一生该是怎样悔痛！那遗憾的破碎的疼痛，不必到老，现在就可以体会得到。

可是现在，只是现在，一个无比清醒的旁观者仅凭对几年前的往事的猜测便疑心到自己，是当局者迷么？而她字字句句隐藏不住的对小麦的令人动容的在意，不像是假的，也没必要是假的；她话中的另一部分，有关小麦的情意也丝毫没有掩盖，小麦对自己，是真的动了情么？

蒋子明脑袋一团乱麻，但他是何等城府，千回百转的念头一瞬之后已经被压制，他淡淡地对卓一墨说："你说得太远了，我只是个没事品个酒赏个物件的生意人，爱与不爱，我也没那么多年轻人的冲动了。"

卓一墨食指与中指对错潇洒地弹掉了烟蒂，冷冷地说："那最好。"

这边林家隆给小麦带了一个特殊的礼物——一把黑澄澄油亮油亮的六四式手枪。小麦倒没怎么吓着，小的时候子弹审查还没有现在这么严格，身为刑警的邻居还让小麦玩过枪；小麦在见识过枪的巨大威力后对这东西有种天然的敬畏感，每次拿在手里把玩的时候总要卸四五遍子弹才敢放心摩挲。即使这样，在黑洞洞的枪口面对自己的时候仍忍不住腿抖。后来由于枪支走火的事情增多，国家设了规定，非上班时间的警察不能带枪，子弹也要挨个编号，小麦玩枪的机会就变少了。

"怎么想到送我这个？"小麦好奇道。

"怕你有危险，这东西至少能防身。什么时候你不在人间都会了，什么时候还给我就是。"林家隆边回答边递给小麦一梭子弹，开玩笑道，“省着点用。”

小麦哈哈笑道：“这东西你是怎么弄过来的？被人发现可是违法的事儿！”

林家隆挠挠头道：“你不说，我不说，有谁知道呢？再说你做这行，本身也不合法吧。”

小麦正色弹了他个爆栗：“臭小子！就知道顶嘴，拿回去，这东西我不需要，这里面没你想象得那么危险，我应付得来。”

这当口彩虹在门口冲小麦招手，小麦赶着出来问她什么事，彩虹暧昧道：“麦姐，你那蒋子明来了，跟卓一墨俩人不知道在嘀咕什么。”

小麦脸色一沉：“我知道了。”自从上次跟卓一墨聊完后，小麦一直没有见过蒋子明。其实小麦从卓一墨的架势上知道她不会再为难自己，而曾经的为难或许也有着不为人知的苦衷，只是关心则乱，任何牵扯蒋子明的事情小麦心里都谨慎万分，也没来得及交代林家隆，就匆匆忙忙赶到了蒋子明所在的房间——哪里还有他的影子！只剩卓一墨一人在静静地抽烟。

“你跟他说什么了？”小麦冷冷地问。

卓一墨拍了拍裤子站了起来，看也没看小麦径直丢下一句话出去了：“说男人和女人该说的。”

妈的！小麦在心里狠狠咒骂了一句。

13. 彩虹死了

“麦姐，可找着你了。”翘翘一推门火急火燎地拉着小麦往外走，“来了个客人，穿得跟个民工似的说要领一个姑娘出去，大伙都不想去，偏彩虹赶着要过去，劝也劝不听，你去看看吧！”

小麦来到222，只见一个穿着灰色旧西装的男人，脸上沟壑纵横的皱纹，如刀刻上一般，头发乱蓬蓬的，一双三角眼睛暗淡无光——确实像个民工，正搂着彩虹亲昵地说着什么。

见是小麦来了，彩虹笑眯眯地走过来低声道：“麦姐我想去。我都快半个月没出夜宵了，我弟那边快交学费了，你就让我去吧。”

小麦细细打量了一会，倒不是看人下菜碟，只是这种客人一看就不会再来第二次，又是个生疏的面孔，她有些担心彩虹的安全，心里盘算着，面上却没露，依旧春风洋溢地笑着说："这位哥哥，你要带我们彩虹出去也行，先把订钱付了，1000 元。"

周围姑娘没吭声。大家都心知肚明，根本不需要什么订钱，看出来小麦比较担心彩虹白去，所以都沉默着帮腔。

灰衣男摇头道："订钱我只付 500，我怎么知道她活儿好不好？"

小麦笑道："哎呦，这个您尽管放心……"

没等说完，彩虹拿了那 500 过来放在小麦手上，生怕这客人要飞走了一般道："500 就 500，我们走吧。"

小麦出声制止道："慢着，彩虹，这里的规矩你不是不知道，既是跟客人出去夜宵，只在六楼开房就好，也算照顾人间集团的生意。"小麦冲彩虹使了个眼色，其实没这规矩，客人带出去包夜地点都是自行商量，只是小麦怕出问题所以才又搬出这么个规矩来。

彩虹没当回事敷衍道："知道了，我先走了麦姐，明儿见。"

说完就挎着灰衣男出去了。没想到，彩虹还是出事了。

自彩虹走后，小麦一直心惊肉跳地在 222 踱来踱去，到凌晨 1 点半的时候小麦终是忍不住给彩虹拨了个电话，却是"您拨打的电话已关机"。一遍一遍的甜美女声重复着这句话，小麦更加焦躁。小麦尽量克制着情绪不让周围的姑娘们看出来，毕竟她是麦家的领头羊，领头羊若是慌了，下面的小羊羔们会更加六神无主。但那来来回回的高跟鞋踩在大理石路面上的"嗒嗒"的声音却泄露了她的内心，那声音越来越快、越来越急。

卓一墨看了小麦一个晚上了，今儿她没房，别的经理也不准她进别人的房间，所以她就一直在222看着小麦。听那高跟鞋的声音已经近似紊乱，卓一墨站起来拢拢头发道："跟我来，我知道彩虹住哪，你若实在着急，不妨去那等她，看她回来了没。"

小麦拎上外套就跟卓一墨冲出去了。

彩虹就住在离人间都会仅隔两条马路的地下室里。那地方潮湿阴暗，卓一墨带着小麦走到紧里面的一个跟四周都不相邻的小房间。小麦过去拧了一下，轻轻地敲了几下门，不见应答。

"看样子还没回来，"小麦道，"你怎么知道她住这？"

"因为八年前，我也住这。"卓一墨淡淡回答。

小麦挑眉睁大了眼，听卓一墨续道："八年前我跟彩虹一起来到人间都会，我不到半年就搬出来了，她一直没动。这姑娘……唉……忒可怜。"

卓一墨轻轻地摇了摇头对小麦说："这里阴冷阴冷的，我们去上面找个茶餐厅等着吧。"

"不了，我在哪都是心神不宁，在这里等好歹能第一时间见到她。"

小麦掏出火机想点支烟，火光闪烁的那一瞬间，卓一墨和小麦同时发现地下湿乎乎的那一滩是已经干涸了的血迹。卓一墨一把推开了小麦，小麦被推得坐在了地上，还没等起身，卓一墨"咣"地一脚踹开了那本来就不是很结实的木板门。小麦猛地站了起来想往门里冲，刚进去的卓一墨转身出来把门关上，再把小麦按在后面的墙上，大口大口地喘着气，眼中的惊恐几乎用言语无法描述。

小麦咬着唇盯着她："彩虹呢？"

卓一墨双手按在小麦的肩上："小麦，你有个心理准备，彩虹死了，很惨。一会儿你看到，不要被吓着。"

小麦脑子嗡的一声，她猛地推开卓一墨闪身进了彩虹的房间，一股子浓浓的血腥味扑鼻而来令人作呕，尽管小麦有卓一墨提示，见到那景象却还是腿一软瘫倒在地上。

彩虹赤身裸体，发丝凌乱地散在床上，嘴里塞了一堆破布，身上被捅了多少刀已经数不清了，脖子上亦有青紫伤痕。最恐怖的是她的眼睛，睁得大大的，试图努力看清这个让她不甘心却仍有留恋的世界。

那是个大概只有6平米的小屋子，没有洗手间，只有一张床；床上有个可以伸腿到桌子下面的小桌子，桌子上面有台小电视，电视上摆放着一个小镜子；床旁边放着彩虹的箱子，箱子已经散开。血迹到处都是，墙上的血迹呈点状，因为屋子不大，棚顶很矮，所以天花板上也有零星血迹，床上的单子一片暗红，地上的血更是多得惨不忍睹。

小麦先拿电话报了警，随即查了下彩虹的东西，钱包和手机均已不见。卓一墨抱肩站在门口，小麦瘫在地上，一刹那间，彩虹与自己的过往像电影般回放。那个为了不懂事的弟弟要买MP4偷偷哭泣的姑娘、那个为了赚钱跟男人们拼命献殷勤的姑娘、那个帮小麦顶罪送小麦去医院跪在地上恳求小麦留下来的姑娘，她的生命还没来得及绽放就已经枯萎了。她还没有见到多少阳光，甚至都没来得及让自己住上一个不那么阴冷潮湿的地方，也还没来得及给自己多买几件衣服和首饰，没来得及结婚也没来得及有自己的孩子，就这么死得不明不白。莫说人生无常，莫说轮回往复，小麦看到的是一个不得已出卖自己肉体的姑娘，比那些人模狗样的所谓成功人士强，她不该、不该有如此下场。

“啊！！！！！！啊！！！！！啊！！！！”小麦疯狂叫喊。

卓一墨一声长叹，红了眼圈，抱住小麦低声安哄：“麦，这种事在这一行里很正常，他们认为这里的女孩子有钱，且做夜场的女孩子流动性很大，往往死了很久都不会被发现。你现在最好给朱亮打个电话，你跟那些警察耗不起，一会儿过来做口供，他们肯定扣了你去，搞不好还要关几天……”

小麦紧抓着卓一墨，嗓子瞬间哑得说不出话来。

一连几天做口供、通知彩虹的家属、准备葬礼、守灵……小麦被折腾得整整瘦了一大圈，她心里有份对彩虹的愧疚。当初彩虹跪下的那一瞬，小麦是为着曾经救了命的恩惠留在这个暗无天日的地方；而今还未等报答干净，彩虹却由于自己的疏忽把命送了。这愧疚压得小麦透不过气来，从而上升到另外一个高度，小麦咬紧了牙，心里想着：定是要护得手里其他姑娘齐全，有一天，算一天！

彩虹的父母得知姑娘是因为做了这个而魂归九泉，竟拒绝来参加葬礼，也不许她的弟弟妹妹来。小麦打电话骂了几次都被强行挂断，真想指着这几个被世俗冲昏了头脑只顾着自己那点小面皮的蠢货的心问问，你们的心都他妈让狗吃了？？彩虹如此不顾廉耻不顾危险的难道不是为了你们几个？末了连最后一程都不肯送，真真祈祷这个姑娘下辈子投胎去一个安稳的地方，在过奈何桥的时候喝两碗孟婆汤，跟这辈子的因缘亲缘都断得一干二净，来世陌路，走过对面都不认得！比这更离谱的是，后来又来了个贼眉鼠眼的男人说是奉了彩虹父母之命取走她身上的器官，心肝脾胃眼角膜都没放过，说是反正闺女也不在了不如用这些器官造福其他人。小麦气得浑身发抖，指着那人大叫着让他出去。

那人冷笑道："这恐怕由不得你做主，人家父母有女儿遗体的支配权。"

小麦昂头站着，轻蔑地哼了一声："是吗？我告诉你，今儿我在这，彩虹在冷冻室，没我的吩咐谁也没法动那姑娘，她若是不全尸火化入葬，我就把你全尸火化葬了，你信不信？"

那人气得伸手要打小麦，小麦把脸凑过去让他打，身边的一众姑娘和几个警察早围了过来，虎视眈眈地盯着他。

傻逼的手愣是没敢撂下。小麦咬牙盯着他："何况案子没破，法医还在做各种鉴定，你们甭急，有你们捐献的那天，到时候把自个儿的肛门膀胱都捐了，才真叫造福他人呢。"

翘翘蓉蓉赶紧过来扶着小麦道："麦姐你别气，跟这种傻逼没得气坏了自个儿的身子。”

卓一墨走过来拍了拍傻逼的肩：“回去告诉彩虹父母，彩虹至此跟他们家没关系了。S城是我们的地盘，要是不服气，尽管过来走一遭，看看是她父母说了算，还是你麦姐说了算。”

傻逼恨恨地走了。小麦回头冲那几个警察道：“你们先回去吧，辛苦你们了，跟朱先生说一声，不必再派人保护我了，我没事。”

“晚上召集所有的姑娘，我要开会。”小麦冲卓一墨道。

小麦去卫生间给林家隆打了个电话，只说了五个字：“我要那把枪。”

那天晚上麦家的姑娘们早早地就来了222，妆容精致、服饰华美，没有了往日叽叽喳喳的喧闹，都在静静地等着坐在沙发中央的小麦讲话。

小麦环顾四周，那是一双双被风月过早侵蚀了的眼睛，有岁月带给她们的磨砺和复杂，也有时间带不走的期待和渴望。小麦骨子里有份类似强迫症的情结，她的经历有很多都不是必须的，而是自己强加给自己的；她不由自主地把一些责任压在自己身上，不管别人需不需要也不管是否应该承担。彩虹的死给了小麦太大的冲击，原本她认为黑暗的地方在她心中更加黑暗，而这些从前她瞧不起的女孩儿们其实每天都在用生命涉险。自然，有些人是在拿青春赌明天，有的人是根本沉醉于纸醉金迷的幻想里，但真的有如彩虹一般不得已而为之为生活所迫的女子。

两年之后有则新闻，有一群妓女给汶川地震的灾民捐了为数不少的钱，但却连她们的名字，上面也羞于提及。于是她们联名反抗，她们声称，不管自己钱的来路如何，善心不该也不可以有区别。当时小麦坐在电视机前，忽然就泪流满面。很想问问那时那刻的姑娘们还好不好，还有没有一个人给她们订规矩帮她们设计未来管理她们却也真心地想要凭一己之力保护她们，现在都四散在天涯的她们有没有实现曾经的开个小店相夫教子的梦想。

“从今儿起，你们每个人出夜宵都不准在自个儿家里，别为着省那几个破钱临末了把自己的命都搭上，半点都不值得。还有，你们出去后要记得给我打电话，告诉我在什么位置何时结束，把我的名字设置成紧急呼叫的一号键，若你们打过来有 20 秒不说话，我立刻报警。”此刻的小麦更像是一头受了伤的母豹子，眼圈红红的，她弹了下烟灰接着说，“从今儿起，任何人欺负你们打你们骂你们都没必要忍着，只管跟我说，拼了这条命，我看能不能护住你们！”

“黄玉玲！”小麦叫道，黄玉玲不知所措地站出来望着小麦。

“是你说的，只有彩虹蓉蓉几个会溜须拍马的跟在我身边得我特殊照料，你连给我提鞋我都不带理的是不是？”

黄玉玲腼腆地笑笑：“麦姐，咱确实是个不会说话的，但是咱的心跟她们是一样的。人都说婊子无情吧，但你是个啥人，姐妹们都看着呢，从前玲姐也对我们好，只是跟你这种好还是有区别的，我……”

小麦挥挥手：“行了不用说了，打今儿起这一个月我的房你来看，留房除外。今后你们每个人，我都平均照顾，所有人的管理费都免了。我只一点要求，团结一点，把彼此当家人，多存些钱，存够了滚开这个破地方，换个城市隐姓埋名地过日子。记得，钱，永远比不得命重要。”

这话一出，全体姑娘们都跟炸了锅似的：“麦姐你疯了？”

“不是彩虹的事儿闹得她神经错乱了吧？”

“管理费每个月加起来十几万呢。”

“麦姐……”

…………

“行了甭议论了，时间也差不多了，你们抓紧试房吧。”姑娘们衡量事物的标准依然是钱，这根深蒂固的观念不是一时一会能转变得过来的，这点小麦比谁都清楚。也对，来这里的，哪个不是为了钱呢？原始目的或许有苦衷，但最终结果都是为了这个。谁都不比谁高贵多少。

14. 与许真的较量

没想到刚给姑娘们开完会，没过几天小麦自己挨打了。

这事还得从卓一墨说起。

卓一墨那晚没房，在小麦领着姑娘们试许真房的时候，卓一墨混在里面。许真眼尖从队伍里面把卓一墨像拎小鸡一样拎出来甩在一边：“卓一墨，你的房不让咱家姑娘进，你也要点脸，今后别进咱家房。”

所有走廊里黑压压站着的人的眼光瞬间全部开始刷刷望向小麦，小麦的脸登时就如火烧云一般红，这还当着面儿呢，要是背着小麦还不一定说话多阴损。小麦干笑着：“真姐，我早就想找您聊，一墨行事是霸道了些，但她从前也不这样，这都是为着我。您行个方便，今后您和各位姐姐别拦着她进房，而我的房间您和各位姐姐的姑娘们都优先进，可好？别因为一个人伤了咱们自家的和气，这不都为了人间都会整体的利益么，何苦非要分个你啊我啊的。”

许真一早就看小麦不顺眼，当初那个被自己狠扇了一巴掌的黄毛丫头连夜场的门都没见过，如今订房量居然跟自己持平。最让人难以忍受的是，这丫头居然免掉了所有姑娘们的管理费，这一传出来，手底下的姑娘都有些不服管束了，蠢蠢欲动地居然都想去小麦那边。要知道在这里有漂亮的姑娘才是王道，小麦这么做无非想断了所有人的财路，如今还敢在这里吆五喝六地说什么不分你我。许真一个箭步蹿上来狠狠地啐了小麦一口唾沫："你算老几？姑奶奶在这里混的时候你毛都没长齐，告诉你麦小麦，今后不仅卓一墨不准进我的房间，你也不准进，你的姑娘若想试房给我规规矩矩地排着，我来负责推，若不想，也都给我滚远点。"

小麦回手就是一巴掌："你怎么对我我不跟你计较，话说得再过分我都可以忍，若是断了我手里姑娘们的财路，有一次算一次我照扇不误。"

这一巴掌直扇得许真眼冒金星。许真回头不可置信地望着小麦，纵横S城夜场20年了，也曾吃过苦受过委屈，但近年来当众敢如此羞辱她的只有麦小麦一个。旁边毛利静等几个经理也正好赶来带着姑娘试房，见这光景都围了过来。

毛利静冲许真道："这小骚货咱都忍她很久了，她越发嚣张，居然敢当众扇你，真姐，你脾气什么时候这么好了？"

这话明显挑事呢，许真没等她说完揪着小麦头发开始猛扇，小麦力气不如她大，一时被她揪得抬不起头来，就用脚使劲踹许真。毛利静等几个经理开始帮着许真围攻小麦，小麦家的姑娘们急了都冲上去要帮小麦。蓉蓉在那边拿手包狠砸毛利静头："妈的，几个打一个，你们还要脸不！"毛利静回头跟蓉蓉扭作一团，卓一墨眼见小麦被许真拖着心下急得当场脱了高跟鞋拿鞋跟照着许真后背往死里扎。各家的姑娘们很快就打在了一块，场面甚是混乱。

就这个时候"啪"的一声巨响，所有人都呆住了。傻子都听得出来是枪声，轰鸣得人耳朵都快震聋了，一时间附近几个包间里觥筹交错的声音戛然而止。

因为惧怕，原本水泄不通的事故中心自动从后面让出一条通道来，蒋子明、Jack，还有一群不知名的男人走了进来，这会子这光景这群男人更像是蒋子明的马仔。

麦小麦的头发被揪成一团一团的，嘴角带血，脸上妆基本花了，弄得青一块紫一块的，分不清是化妆品还是伤痕。许真那边也好不了多少，捂着肚子腿直打颤。小麦还是比较聪明的，那么多人围攻她一个的时候她只专门踹许真，所以许真冷不防从打斗的状态里停止时会忽然觉出疼痛来。毕竟夜场里摸爬滚打近 20 年，谁都不是怂货，疼也不言语。

果然是枪，Jack 用那把刚才发出巨大轰鸣的银灰色手枪顶在了许真的头上。

"真姐！"

"真姐！！"

"Jack 哥！"

许真的姑娘们早急了，毛利静等人早溜得无影无踪，最后一声是小麦叫的。是有过节，但不至于动用这玩意，林家隆送的那把六四就在家里放着呢，小麦要是想用早就带过来了。好像是怕声音大了走了火似的，所有人都屏住呼吸，也不敢走，也不敢说话。

唯独蓉蓉翘翘那几个看是小麦这边的人，唯恐天下不乱地咬牙切齿道："Jack哥，崩了这老母狗，刚刚就她欺负麦姐。"

"蓉蓉！翘翘！闭嘴！"小麦狠瞪了她们一眼，俩人站那不吭声了。

Jack回头看看蒋子明，后者面无表情，Jack了然地转过来，继续用枪指着许真。

小麦在这一刻还是挺佩服许真的，她的呼吸已经不均匀了，似乎都能听到恐惧顺着她的呼吸蔓延开来；即使一句话都不说，在周围人心里都是巨大的压力，被一个人的恐惧压得喘不过气来。许真眼睛低垂却不是摇尾乞怜的神色，甚至能从里面看出一丝认命的倔强来。饶是如此，小麦注意到她的腿肚子还是抖着的。

"你们都听好了，"Jack大声喊道，"麦小麦是我大哥的女人，也就是我大嫂。今儿这子弹我留着，等哪天你们觉得今儿这声响不够刺激想听从人脑子里进去是什么响，就尽管招惹嫂子，我一定满足你们！"

说完枪一撤，Jack向着前面走了。许真头抬了起来，咬着牙不开腔。小麦理了理头发，径直走了过去，用只有两个人可以听到的声音说："真姐，我敬你也算个女中豪杰，但麦小麦也不是软货。若你下次再为难我手上的任何一个姑娘，即使没有那把枪，我也毫不犹豫地跟你拼命；若你首先在各位经理中开面放过一墨，小麦谢过！”

蒋子明走过来，右手绕上小麦的腰，用力一揽，二话没说地把小麦拖走了。他把小麦带进了一个没人的包间。

别看麦小麦刚才那死不要命的硬气劲，这会子在蒋子明面前像泄了气的皮球，上嘴唇抿在下嘴唇上，低垂着眼眉，心里小鼓这个敲啊。真是点子背啊，出门撞到鬼啊，就打这么一次架这么狼狈偏就让这个家伙好死不死地撞见了，他一准是来问上次那 5000 块钱的吧，怎么解释啊？有没有地缝可以钻啊？小麦真想眼一闭一睁这就是个梦。

小麦咽了口唾沫：“呃……上次那个……”

话没等说完，Jack 拎了可精致一小药箱推门进了来，递给蒋子明又出去了。蒋子明阴沉着脸打开箱子，拿起碘酒和棉签帮小麦上药，动作很轻柔，但还是痛得小麦直咧嘴。

“嘶……”小麦痛得嘀咕了一声。

“你还知道疼？刚才打架的时候我还以为你不知道疼呢！”蒋子明终于开口。

其实蒋子明也就是嘴硬，自上次跟卓一墨聊完后蒋子明一直在纠结，爱情这东西在几十年的人生经历中从未遇到过，不知如何处理如何搁置如何放手，无法拿别人的经验作为参考。见不到她的日子，时常感觉像是火烧，那种煎熬就如同把心架在一堆小火上炙烤，灼热却无法回避。明明知道自己在玩火，也知道如果拉着小麦无疑是带她一块涉入无边无际的危险中，可是见不到她竟如同活不下去了一般，怎么也忍不住管不住那双日日想往人间都会跑去的双脚。而一旦决定要去见她时，那份期待就更加膨胀，恨不得长双翅膀飞到她面前。连Jack都看得出蒋子明的不淡定，半玩笑半真诚地说了句：“哥，你别急，我车开得已经够快了。”麦小麦一定在他心里种下了蛊，无解药，惟日日见她相守才解得了片刻的痛苦。

谁料想一来这就遇到一群女人在打她，Jack跟久了他的，自是知道怎么解围。看到小麦那副惨兮兮的挨打之后的样子心里就像一堆拧了劲的绳子，当场掐死许真的心都有，估计那时候面色肯定很难看。这个死丫头，那股倔强不服输的性格跟年少时候的自己太像了，都不知道转弯不知道躲避。

这么呵斥着小麦，下手却是极轻了。

“为什么这么拼？”

小麦咬着唇，眼泪忽然就涌了出来，毫无预兆的两滴泪直直地垂下来。蒋子明慌了神，一把抱过她来，一时间不知道如何疼宠才能博红颜一笑。

“蒋子明，上次的事情对不起，我是个没有安全感的女子，我不确定你对我……你对我……”

蒋子明搂紧了她在她发际上印了一个吻：“是我不好，有太多隐瞒你的事情，进退两难。可是，小麦对不起，我放不下你，我为你……着了迷入了魔，对不起……对不起……”

小麦靠在蒋子明的怀抱里，满足地轻轻喟叹："我又……何尝不是。"

"蒋子明，你到底是做什么的？Jack手里为什么会有枪？你真的只是做房地产和药厂的么？"

蒋子明抱着小麦的手臂一僵，他咽了口唾沫："小麦，我没法告诉你，相信我，我是为你好。"

小麦不再追问，只是静静地靠在蒋子明的怀里，贪婪地吸取着属于他身上独特的味道。

那个晚上，小麦跟蒋子明聊了很多，说了自己为什么来人间都会，说了那晚为什么中途离开，说了彩虹的死，说了现在自己对这群姑娘们的责任。蒋子明没有再强求小麦离开这，他明白小麦要通过自己的方式解决这一切，他不愿插手，只想在她身边默默保护。忽然之间他们上升到了一种默契，两人中间那些空白的盲点都让他们巧妙地规避掉了，不问也不说。而其实对于未来，他们一样没有把握，心中都想着，即使能多爱一天，那就算一天吧。

而那晚过了之后，人间都会再没人敢对麦家的姑娘说个不字，连门口的保安见了小麦都规规矩矩地叫一声"麦姐"，这让小麦很是头痛。手里的姑娘们倒是都趾高气昂的，除了卓一墨，那货还是老样子，她的房间就不许别人家的姑娘进。

许真的房开了头一个先例让卓一墨进了，毛利静等人也紧随其后。小麦为了报答，每次自己的房间都先推许真的姑娘。渐渐地，许真和小麦竟有了不为人说的一份近似于默契的东西。许真并不怕小麦，也许有些怕蒋子明，但那种怕更多地掺杂了些“没必要”的情绪——“没必要”得罪人，“没必要”为了小麦与蒋子明为敌，“没必要”太过于计较卓一墨的房间。选择让卓一墨进房也并不为着小麦那番话，心里反倒对这个年轻的姑娘有着“英雄惜英雄”的情结。同时，她也与毛利静等人一样，希望小麦能够尽快离开人间都会，毕竟现在小麦已经成了炙手可热的人物，截走不少原本应该属于她的钱财。这心绪，复杂而矛盾。

蒋子明日日来，家里有没上房的姑娘都知道跑到蒋子明那去蹭小费。不管小麦忙到多晚都会跟蒋子明静静待上一会儿，有时候连话也不说，有时候会睡在了他怀里，醒来时已经不知道是哪月哪天。

毛团越长越大，只有三个爪子的它一点都不觉得自己已经是个残疾猫，正是长爪子的时候，见到什么挠什么。小麦给她买的专门为猫准备的练爪子的玩具，可是这死猫根本不领情，把小麦租的房子里的真皮沙发当成了练爪器，那叫一个千疮百孔啊。小麦不得已只得给它套上了橡胶的指甲套。而这货最近学会了开抽屉，有次小麦回家来的时候赫然见到抽屉在地上（估计是它打开的幅度太大，抽屉直接掉地上了），东西散落一地，而毛团在啃那把林家隆送的六四手枪。小麦吓得魂飞魄散，现在每次走的时候都把子弹跟枪分离得好远，生怕毛团玩不好走了火。

朱亮来过一次，跟小麦喝了好多酒，最后跟小麦说了些莫名其妙的话："你还记得我上次跟你说最近在忙么？"

"记得啊。"

"不是。小麦，我原本不该说，但真的，离蒋子明远点。"

蒋子明？小麦隐隐觉得这中间一定有什么惊人的秘密，但是她不想问，她连猜都不想猜。害怕朱亮再说什么，小麦打断了他："别说了，蒋子明是做什么的我不清楚，但是，我不会离开他。"

朱亮摇摇头，不再吭声了。

当晚见到蒋子明的时候，小麦淡淡地把朱亮的话转述了一遍，蒋子明静默不语，许久说道："他说得对。"

小麦轻轻用手掩住了他的口，望着他，眼神坚定而温柔："不问过去，即使没有将来，我只要你现在跟我在一起。爱一场，没名没分我不介意，无权无钱我不在乎，是生是死我都陪你。"

蒋子明悲伤地闭上眼抱紧怀中的小麦："不值得。"其实蒋子明是打算瞒紧了小麦的，而很久之后小麦知晓全部的秘密是在一个极其偶然的情况下。

15. 离开人间都会

人间都会照样风起云涌，每天都发生着奇奇怪怪的故事。从前彩虹在的时候小麦没察觉，彩虹走后，几乎每个月小麦都会发现莫名其妙地失踪一两个女孩子，不是这家的，就是那家的。而人命在这里如草芥，不过是人们茶余饭后的谈资，一顿饭过去，名字也就被淡忘了。小麦却始终小心翼翼地像只母鸡一样保护着手里的众多小鸡，尽管可能她们心里未必领情。

那天照例是一个自来房，客人挑中了翘翘，翘翘当晚身体不舒服，提前跟小麦打了声招呼晚上不出夜宵。小麦也客客气气地跟客人说好了："哥们，我这个姑娘今儿身子不爽也怕给你带来霉运，你要是喝到兴起想找姑娘跟我说一句，我给您换个美美的。"说完便忙别的房去了，没想到刚过 12 点就听见三楼一个女声在惨叫，叫得所有人都瘆得慌。紧接着蓉蓉便慌慌张张跑进小麦的房间，小麦正跟上次那巴西籍的哥们推杯换盏呢。蓉蓉一把拉过小麦来："麦姐不好了，翘翘脸被人划花了。”

小麦心里一惊，忙敬了杯酒出来，赶到217的时候，屋子里已经人去酒空，只留下翘翘在那疯狂地对着镜子哭。小麦仔细查过了伤口——应该是个锐器，不是刀子也是差不多的东西，愣是硬生生地划了个十字在左脸上，伤口不大但是很深，怕是得恢复上一个月两个月的。血一个劲地往外渗，擦也擦不掉，止也止不住。

小麦心里一紧，竟像是被人凭空扇了几巴掌，火辣辣地恨不得找地缝钻了。

“怎么回事？”小麦面上没露情绪。

翘翘哭着说：“我说我不舒服，他非要晚上带我出去。他说他不在乎我不舒服，我说了句‘我在乎’，他就拿酒瓶子砸我，还骂我臭婊子，说我不识抬举。他周围的男人们也在起哄，最后他们两三个人把我按在沙发上拿刀子划了我的脸……呜呜呜……麦姐……疼……”

小麦坐在沙发上，家里的姑娘们早闻讯赶了过来。黄玉玲给小麦点了一支烟，小麦咬着烟嘴，上面留了一堆牙印，狠狠地吐了几个烟圈，打断了姑娘们的七嘴八舌：“他们有没有说接下来去哪？”

翘翘想了一会，抽抽搭搭地说：“好像去拉斯维加斯喝酒了，他们其中一个人说再也不来人间了，说……说在这扫了兴。”

小麦站了起来，晃了晃脖子拽着翘翘道：“走，跟我回家一趟，我给你出气。其他人没房的早点回家睡吧。”

姑娘们哪里肯走，都陆陆续续地跟着小麦，后来越跟越多；也有其他家的姑娘闲着没事赶来看热闹的，看名声在外的小麦能不能处理这件事。而麦家的姑娘在这段时间里其实培养出了一种本不应该在夜场里有的氛围，标榜一点叫做荣辱与共。

小麦回家的时候没让任何人跟着，她取了那把六四来把子弹装上放在了包里。

下楼的时候，小麦警告蓉蓉那几个不让告诉正在 309 等她的蒋子明。这一次，小麦要自己解决。

到拉斯维加斯的时候，保安很惊讶地看了看这一群如花似玉却又气势汹汹的姑娘，估计还以为是哪个恩客这么牛，一次性叫了这么多“外卖”。小麦没声张，只是静静地一间房一间房推开来让翘翘认，没有就礼貌地说句“对不起”。终于，在拉斯维加斯的 408 找到了那群孙子。

几个男的正在几个姑娘的陪伴下开着震耳欲聋的音乐疯狂摇摆着身体，不像是正常的样子，估计是吸食了某些毒品。小麦进去的时候，他们正在闭着眼睛挥舞双臂大喊什么：“快和我一起摇啊摇啊摇。”

“是哪个？”小麦低头问翘翘。

翘翘怯怯地指了指中间那个穿着蓝衬衫摇得最起劲的，随即拉了拉小麦的袖子：“麦姐，你要是打他们咱可打不过，他们身上有刀子。”

小麦点点头使了个眼色，蓉蓉何等聪明，一个箭步上去把音乐关了。

蓝衬衫这才见到小麦这一群人，又看了看翘翘那张脸转头骂道：“臭婊子，是一刀不够么？信不信老子把你那半边脸也划花？”说着从兜里掏出一把弹簧刀，一瞬间刀片就弹了出来。拉斯维加斯的姑娘们都吓得尖叫退到后面去，蓝衬衫直直地就冲翘翘走了过来，翘翘哭着躲到小麦身后。

小麦冷哼了一声：“就你那把破刀还拿出来玩呢？”边说着边从包里掏出那把六四上了膛，往屏幕上就是一枪。“咣”的一声，大屏幕的液晶电视就冒烟了，枪眼周围的屏幕都被震碎了。一连串的动作，蓝衬衫那帮傻逼都没来得及有反应，这回没人尖叫了——全吓傻了，连小麦后面跟着的姑娘们都吓傻了，一时间只能听到屋子里众人呼吸的声音。

“把门锁上，蓉蓉你们几个上外面拦着人，叫他们不必进来就说有人喝多了没事。”

小麦又一次拉了保险栓，拿枪顶住了蓝衬衫的脑袋：“给我滚到窗子看不到的卫生间去。”又环顾四周威胁道，“谁要是想今晚见血，就尽管报警。”

蓝衬衫都快吓尿了：“姐……亲姐……你手别……别哆嗦，你说怎么的弟弟就怎么的。”说着就举着双手一步一步跟小麦退到洗手间。

蓝衬衫不是没想过反抗，小麦身无三两肉，看起来风一吹就倒的样子，除了她手里那把枪，力量上绝对不是用悬殊可以形容的。但他的动作不可能快得过枪，万一在抢枪过程中走了火谁能保证不伤不死？再说呼呼啦啦这么一大群姑娘，就算十个打他们一个也绰绰有余了。

人在危险的时候什么念头都会一闪而过，蓝衬衫是真害怕，从脚后跟麻到头皮，在S城也算十几年了，夜总会去得多了，头一回碰见这么厉害的主儿。

“谁他妈是你姐，小姐就不是人了？就算是条狗，打狗还要看主人，伤了我手里的姑娘还这么嚣张，今儿不要你的命我也得把你变成太监，看你今后还能不能穿梭这种地方！”

小麦说着就把枪对准了蓝衬衫的胯下做开枪状。小麦的眼神坚定而狠绝，她是真的想开枪。眼前的这个人让她想到赤裸的满身血污头发散乱的地下室里的彩虹——那个给她下跪用自己的身体养活全家的姑娘。那姑娘的影子在手底下这群姑娘身上重叠又重叠，从那天开始，小麦便把保护这一群姑娘的责任加在了自己身上。翘翘脸上的十字刺痛了小麦隐忍的心，她知道翘翘和彩虹不一样，但她也知道，翘翘和彩虹也一样。

“姐！！！姐……姐你有话好说，我有眼不识泰山，不对不对，我是您孙子，我是孙子，您饶了我吧，我再也不敢了……”蓝衬衫说完左右开弓开始扇自己嘴巴子，看出来孙子是真害怕了，扇得估计比小麦亲自扇还狠。

旁边蓝衬衫的朋友终于反应过来了，不敢碰小麦回头求翘翘：“小姑奶奶，你快让你姐放手吧，哥几个认赔，再也不敢了，要是不解气你也在他脸上划几个十字。”抢过蓝衬衫的弹簧刀就递给了翘翘。

翘翘也不哭了，姑娘是真气着了，拿起刀子狠狠在蓝衬衫脸上划了一道，长长的。蓝衬衫的右脸瞬间就被血染了，他一声都没敢喊。

周围几个胆小的“呀”了一声捂嘴不再吭声。翘翘冷哼了一声，心里的委屈从这一刻起烟消云散。

小麦冷冷地盯着他，没收枪：“我这姑娘是靠脸吃饭的，你这一刀划下去她一个月都没法挣钱了。”

周围几个男的赶紧从兜里掏钱，总共凑了能有小 5 万吧递在翘翘手里。蓝衬衫都不敢抹脸上的血只小心翼翼抖着说：“姐……我知错了，您看您大人不记小人过，我这脸也被划了，钱也赔了，您高抬贵手……”

翘翘走过来拉着小麦：“麦姐，算了，真开枪我怕脏了你的枪。”

小麦用枪指着蓝衬衫的脸道：“你记着，在 S 城，不要轻易得罪人，尤其是夜场的女人。你的那玩意先留着，下次再忍不住想乱动就找我，我一准让你爽到西天。”

转头小麦走了。后面的姑娘们这才想起来也都跟着陆陆续续走了，直到走出好远，那个房间都没人敢出来看一眼。拉斯维加斯的大厅里正在放那首张国荣的《风继续吹》，曲调柔和平静，好像什么都没有发生。

姑娘们跟在小麦身后，一声不吭地走着，穿梭在 S 城最繁华的街道上。已过午夜 12 点，全部都是都市夜归人。霓虹闪烁，歌舞升腾，长袖善舞，莺歌燕语……全是假象。其中辛酸苦楚有几人知晓又有几人肯停下脚步正眼看一看她们，哪怕只是一眼。那些悲凉、冷暖、不为人知的隐秘、遗憾瞬间都涌上心头，翘翘在旁边忽然就哭了起来。小麦没有问为什么，不需要任何言语，小麦懂得为什么。

好像偿还了一笔重重的债，小麦累极了，短短二十几载的生命承受了太多寻常人一辈子都经历不到的事情。其实人生来来回回不过那么几件事——生、离、死、别。小麦想护佑所有人，但忽然发现连自己的心都无法护佑。

卓一墨从队伍的末尾不声不响地走到小麦身边，给小麦披上了件外套。小麦转头对她说：“跟我来，我有话对你说。”

人间都会楼下的茶餐厅里，小麦和卓一墨一人点了一杯薰衣草花茶。

小麦对着双手呵了口气，搓了又搓，虽是南边，入了12月也是阴冷异常。卓一墨双手捂着热热的茶杯，指尖温润如玉，脸上眉目如画，怎么看也只是豆蔻年华。

“一墨，过了今晚，我便不想留在这里了。”小麦的声音像一片羽毛，很轻很微弱。

卓一墨并不意外，只微微点点头。

小麦把手包交给卓一墨：“这是那把枪，我也留不住了。她们，就交给你了。”

卓一墨没接也没拒绝，只是抬眼瞧着小麦：“为什么是我？”

“还用问么，交付别人都不可能放心的，唯独你，只有你。”

卓一墨眯起眼睛，勾魂摄魄地笑了一下。没等她说话，小麦续道："若是非要问个为什么，大体是你前世欠了我的罢，你对我，有着不该有的情意，我托付你，你一定答应。"

卓一墨收起了笑容，媚眼竖立，咬着嘴唇问小麦："你从什么时候知道的？"

小麦把头靠在椅子上，面向天，叹了口气道："开始的时候我以为你是为了蒋子明，后来慢慢地发现你竟是为我在拼命，我感激，但无从接受。"

卓一墨转过脸去闭上眼睛："你甭说了，情意这东西，没有该不该，只有有没有。"

小麦点点头："谢谢。我只是累了……从小到大，我都没为自己活过一次，这一次，请让我为自己活吧。"

那一晚，卓一墨跟小麦聊了很多很多，聊她小时候被同学欺负头发被拽下来一绺一绺的，聊她淘气动了爸爸的老式电熨斗烧坏了地毯，聊她第一次爱上一个男人然后被抛弃，聊她因为不驯服被暴打差点就残疾，聊她怎么在人间都会跟着王玲一步一步走到今天；还聊小麦，从那句谢谢开始的眼角眉梢之间的误会。卓一墨说，这误会很美丽，就算是一场梦，请让她不要醒过来。小麦也聊，聊自己不靠谱的爹，聊差点被轮奸，聊曾经爱上的武汉的那个男人，也聊蒋子明。小麦说，这是她生命中最后一次相信爱情，但愿君心似我心，生死不负相思意。然后卓一墨笑她傻，骂她是小二逼；小麦说卓一墨呆，智商有问题居然会喜欢女人，还帮着毛团狠狠打了她几下。后来俩人抱着哭，哭完笑，笑完哭。卓一墨抹了抹眼泪告诉小麦，此生，都不想再见到她，过得好与不好都不必告知于她；来生，无论爱与不爱都不再相见。小麦点头，拼命点头。

小麦走的那天，包了一个酒楼的二层，整个二层全是女孩子。那是一个阳光明媚的中午，女孩子们不约而同地做了自认为最好看的发型，化了最精致的妆。只有小麦一个，洗尽铅华，素面朝天，穿上了平日里最爱的淡蓝色牛仔裤和一件松松垮垮的T恤衫，她静静微笑着，接受每个女孩子的敬酒和祝愿。父亲的债，早已经正式还清了。从前还留在这里是因为对有救命之恩的彩虹心存有愧，后来彩虹走了，小麦对这些女孩子有着说不清楚的责任。而时间一天天地过去，蒋子明一天天地陪伴，自朱亮上次来过之后再也没有见小麦，甚至电话也不接，短信也不回。小麦隐隐觉得，老天留给她和蒋子明的时间可能不那么多了，人生苦短，就算能活尽一世，也是过一天少一天，谁不是赤条条来去无牵挂。而真若有天蒋子明离开身边，小麦怕自己会后悔，后悔没有一起牵手看过日落日出，没有共同饮茶喝酒，没有耳鬓厮磨说足够的情话，没有为他做过饭洗过臭袜子，没有在一个地方安安静静地等他忙完了拥抱接吻吵架和好，没有期待没有未来……永远那么远，就算在奔向它的途中死掉，也总比一步都没迈出去而遗憾强。那一天的阳光从酒楼二层的四处铺撒进来，每个姑娘的脸上都蒙上一层淡淡的金色的光芒，这些夜晚的堕落的天使们，大抵是第一次也是最后一次在正午盛妆，从不同的人生出发，归结到这里，尝尽人间悲欢笑泪；原本以为再不相信所谓情义，一颗冰冻了的心到底还是慢慢被这个倔强的突然闯进来的女子捂热了。只是这天下没有不散的宴席，小麦注定也只是留下一段故事，重新回到她的世界中去，拽着最爱的蒋子明，一块回去。

小麦静静笑着，姑娘们酒酣耳燥之时，淡淡地说了三个字："散了吧。"只冲身边的几个点点头，便不再转身地离去。姑娘们划拳喝酒，嬉笑打闹，瞥眼见到小麦的位置空空荡荡，笑得更加大声和放肆，笑得连眼泪都出了来。有时候，真的，离别之时不必再诉离殇；若有天归来，淡淡一笑，定是能再陪君醉笑三千场。谁说的婊子无情，谁说的戏子无义，这些残存了的阴暗中的情义，身涉其中分明看到。

出门竟一眼见到许真，她在酒店大厅的沙发上翘着二郎腿吐着烟圈。这还是小麦第一次在白天见到许真，也是第一次见到许真化了些淡妆，仍然像吴孟达，只是脸部线条柔和了许多。见到小麦出来，许真站了起来掐灭了烟。小麦冲她微笑，不再有戒备和敌视；许真没说话，静静地还了一个微笑。

小麦过她身边简简单单地说了句："谢谢。"

许真动了动嘴，似乎想说些什么，最终把话咽了回去。

擦肩而过的送别，一样温暖。

16. 短暂的幸福

回家取了毛团，收拾了为数不多的衣物，退了房租。拎着箱子向外走的时候，小麦在小区门口遇到了蒋子明。他一个人斜靠在墙壁上抽烟，依旧是那张似笑非笑的脸。

小麦咧嘴傻傻地笑，甩了甩头，简单的马尾飞扬在阳光下："蒋子明，带我走吧。"那些纯净美好、那些黑暗的血腥的复杂的过往，在这一笑中仿佛灰飞烟灭。蒋子明恍惚了一下，一手接过小麦的箱子，一手紧紧揽着小麦的腰只简单说了两个字："上车。"

小麦抱着毛团坐上了蒋子明车子的前座，毛团好奇地东张西望，小爪子紧紧抠着小麦，生怕小麦一不留神把它扔了。蒋子明鲜少自己开车，略有些握不稳方向盘，晃晃悠悠中，原本就不习惯白天起床的小麦困了。她把头斜靠在蒋子明的右肩上迷迷糊糊睡过去了。奔驰在高速路上的车子中满是阳光，有一段道路两旁是大片大片的向日葵，金黄金黄的颜色延伸着希望，那种希望暖暖地渗入小麦熟睡的脸庞，嘴角都勾着一抹恐怕连自己都不知道的微笑。蒋子明一直不敢移动右肩，他知小麦累了，只想让她好好睡一觉，心里忽而升腾出一种英雄主义情愫：就如此一路开车下去，小麦就这样靠在他的肩头就好，不能隐居于此也无法平静存世；那么，终老之时即便死在路上，也算老天额外的恩赐。

小麦睁眼的时候天已经蒙蒙黑了，毛团在她怀里伸了个懒腰，像人一样嘟嘟囔囔。车子停在海边，夜幕下墨黑色的海平面还算宁静，细浪温柔翻卷。

蒋子明正把窗子打开抽烟，回头见小麦醒了，宠溺地揉了揉她的头发："到家了，下车上船。"

上……船？什么情况，小麦"喔"了一声抱着毛团开门下车。海风吹得她和毛团同时一哆嗦，蒋子明从后备箱取出了一条厚厚的羊毛披肩围在小麦身上，又拎了箱子指了指岸边那条不大的机动船示意小麦上去。

"你家在哪啊？还要漂洋过海？"

蒋子明微笑着点了她一下鼻子："别你家你家的，有点女主人的风范。"

小麦脸红了一下不再言语，蒋子明跳上船，半抱着把小麦也扶到船上来。蒋子明亲自开船，海风瞬间就大了起来，小麦半闭着眼扯下了束着头发的绳子，一头长发四散飘扬。蒋子明回头看着小麦，觉她此刻有种惊心动魄的美，美得不可思议，美得似乎要消失于天地。蒋子明忽然心生恐慌："小麦，你到我身边来。"

小麦睁开眼微笑着坐到蒋子明身边，把头靠在他的怀里，蒋子明怜爱地亲吻着她的额头："你在我身边，我才觉得真实。"

小麦呵呵笑道："不然也怕我羽化登仙了？"

见到蒋子明那座岛的时候，小麦还是惊讶了一下——她早知蒋子明金银满箱，但亲眼所见还是震撼万分。

船岛此刻灯火昏黄，管家和菲佣都让蒋子明放了一个长假。只这灯光是常年开着的，他较为迷信风水，认为这样可以不必迷失回家的路。但一个人都没有的船岛更像一座荒芜的孤城，空有灯光更显诡异，小麦对这个地方并无过多好感，只是有蒋子明在身旁，处处天涯处处家罢。

蒋子明带小麦参观全岛："这里是我们的卧室。"

小麦诧异地张大了嘴——这房间里面的奢华自是不必说，只房间的墙壁上挂着一幅大大的小麦的照片，照片里的她如婴儿般睡在雪白的床单上，睫毛卷翘像个漂亮的芭比娃娃。小麦回头捶了蒋子明一下："你偷拍我！"蒋子明笑着躲开。

"这里原是贵重客人的客房，今后就做毛团的卧室吧。"小麦仔细打量了周围摆设后不禁苦笑，蒋子明是疯了。所有的家具都用皮革类制成，明知道毛团最喜欢抓皮制的东西，还有各种鱼形的摆设：鱼形的碗鱼形的挂件鱼形的盘子鱼形的窗帘连地板上的图案都是各种各样的小鱼。可惜毛团并没体味到蒋子明的好意，怯怯地蜷缩在角落里不出来——猫都是如此，换了地方就会心生畏惧。

“这里是你的衣帽间，”蒋子明指着拐角处的另一个房间，“喏，那里是你的化妆间，我并不晓得你用惯什么，所以只是请美容师随便配了几个，若用不好你明儿再换。”

“这里是我的储物间，我比较喜欢玩收藏，世界各地搜罗来的东西都存放在这个房间里。”这个房间堆满了各色各样古香古色的东西，小麦对这些也没有兴趣便没有细看，只这房里有个一人多高的断臂维纳斯的雕塑引起了小麦的注意。这雕塑没什么特别的，石膏做的，雕工也不够细腻，但正因为如此出现在这个满是奇珍异宝的房间才让小麦觉得意外。

蒋子明没容小麦细看便把她拉到了另一个房间。

这个房间全部都是红色的，红墙壁红木桌椅红烛闪烁红色窗帘红色帷幔红色床单上面满是红玫瑰的花瓣，红烛是传统的龙凤烛，闪烁的墙壁上面是对大大的喜字。小麦刚想回头问，蒋子明的吻便铺天盖地地印在小麦身上，他呢喃道：“这是我们的喜房，今晚……算我们的洞房花烛夜。”

他们双双倒在床上，红色的帷幔里春色无限，那对痴男怨女赤裸纠缠，红烛跳跃，光影斑驳，以为用身体能把彼此超度彼岸，离开那些苦痛折磨。天空海阔，西方婆娑，听闻无爱亦无恨，心思澄明处便可平安喜乐。又是谁眼角眉梢闪动蛇一样的诱惑，佛度不了他们，已是心魔深种，愿沉堕世间尘劫，不问结果。小麦放心地把身心都交给他，闭眼不问何月何年。蒋子明心里带着隐隐的苦楚：小麦对不起，这一生我也许都无法给你婚姻，但在我心里，此刻起你便是我的妻子，唯一的、永远的妻子。小麦，对不起。

小麦是被海鸟的声音叫醒的。那叫声空灵清脆，近在耳边。蒋子明起得比小麦早，这会子不知道去哪了。小麦打开窗帘——怪不得觉得海鸟的声音如此清晰，这个房间紧邻大海，从窗子望过去是一望无际的海，遗世而独立。整栋房子低低柔柔若有若无的用环绕音响放的是古琴曲《长相思》，这么不吉利，蒋子明这厮真是。相见而不得才相思呢，得劝他换个曲子才好。龙凤烛早已经熄灭，那张雕龙画凤的红木桌子上有个古朴的香炉，一缕轻烟从炉上小孔袅袅透出。小麦好奇地凑过去嗅了嗅，原来房间里这种缠绵不断闻之令人神清气爽心旷神怡的奇异香味是从这儿出来的。旁边还放了一个精致的瓷瓶,能有一个食指那么高吧，却彩绘了八仙过海的一幅图——人物形态细腻各异，看起来也不像是现代的东西。瓷瓶上有一标签上用黑色碳素笔写了三个小字“龙涎香”，小麦咋舌，龙涎香是至今无法人工合成的一种价值远远大于黄金的香料，也是一种珍贵的药材。不知为何，小麦却并不喜欢这种奢侈，让人心里无法踏实下来。其实如果没有蒋子明,这里不过是个豪华的囚笼，而有了蒋子明即使是地狱也觉能开出莲花来。多少世人对金钱的魔力过于崇拜，不是跪倒在利益面前俯首称臣就是被无形鞭笞拷打成为奴隶，金山银山赚出来又有何用，坐在金山上哭的不是少数，抵不得粗茶淡饭白头偕老的平凡夫妻。这道理，是小麦在人间都会看尽繁华后悟出的。

“小麦！小麦！”窗子外面响起蒋子明的声音，小麦光着脚蹦到窗台上向外望，不禁扑哧一声乐出来。

蒋子明在一艘小船上，拿着一个大大的鱼竿，带着渔夫帽，卷着裤腿子像个孩子似的冲小麦招手呢。

小麦哈哈笑道：“你干吗？”

蒋子明摘下帽子勾起嘴角很理所当然地对小麦说：“我钓鱼给你吃啊。”

小麦捂着肚子笑到不行：“你……你是认为穿上这一套渔夫的服装鱼就会上钩吗？钓鱼跟穿什么衣服有什么关系啊？鱼要是有思维也会先吓跑了吧？”

蒋子明淡淡笑道：“原本我是想买给你吃的，早起去岸边看见有人穿这套装扮打鱼回来，一时兴起就借了一套，哄你开心的。”

小麦很感激：“我很开心，谢谢。那我穿好衣服下去找你。”

蒋子明站在船上放下鱼竿张开手臂跟小麦玩笑般喊道：“来吧，跳下来，我接你。”

小麦淡淡回答：“好。”便从窗台上跳下来了，猝不及防，半点犹豫也没有。其实蒋子明所在的位置根本不是房间的正下方，他也仅仅是跟小麦开个玩笑，没想到这个虎妞真往下跳。

蒋子明大叫一声：“麦小麦！！！”拼命划了船往前，哪里还来得及。“扑通”一声巨响，麦小麦直接跳到海里去了。蒋子明的心都快提到嗓子眼了，衣服没来得及脱刚想随着跳下去，小麦浮了上来微笑着朝蒋子明的小船游过来。蒋子明这才一块石头落了地，摸了摸额头，竟是一头冷汗。

把浑身湿漉漉的小麦拉到船上来，蒋子明不客气地狠狠打了小麦两下屁股，怒气冲冲道：“你怎么那么淘气呢！让你跳你就跳，都不计算一下距离看我能不能接到么？”

小麦抹抹脸上的水，盯着蒋子明，缓慢而坚定地说：“我从跟你走的那天起，便已经舍了自己。莫说刚才是海，我还会游泳，就算下面是刀山，只要你说一句，我便跳。”

蒋子明的心像被一双手掐紧了好久忽然放开，中间似有无数电流穿过。他那么相信此刻小麦说的话，而他对小麦也有一样的心情，只是小麦能用清晰的语言描绘出来。浑身的鸡皮疙瘩都起了来，原来所谓心灵相通的震撼反射在生理上，就是通体发麻的感觉。

他揽过小麦深深地印过一个吻去。小麦娇羞地推开他：“好啦，钓鱼吧，我陪你。”

四个半小时过去后，蒋子明换了各种姿势引诱等待鱼儿上钩，可惜连一条指甲盖大小的鱼都不曾钓到。小麦在一旁静静地看着他折腾，幸福就像倒满杯子的水，从心里灵魂里溢出来。

又过了半个小时，蒋子明回头冲小麦道：“我们回去吧，今天可能没什么鱼。”

小麦哈哈笑道：“好哇，那等明天有鱼了我们再钓吧。”

蒋子明一本正经地点点头。

有了小麦陪伴的船岛上的蒋子明好像一个不问人间世事

的孩子，每天睡到自然醒，跟海鸟和鱼还有三条腿的毛团作伴。日升日落，朝霞红艳，夕阳辉煌，天水一色的蓝抑或漫天瑰丽的金。他跟小麦 24 小时形影不离，耳鬓厮磨，相拥而眠，再在彼此身体的温暖处苏醒。

多数时候小麦下厨做饭，蒋子明负责在一旁捣乱。不是弄翻了洗菜的盆就是没看住鱼让毛团叼了去，后来就索性静静望着小麦，什么都不做。

毛团每天最喜欢做的事情就是在小麦做饭时跑到厨房来，要么偷鸟要么抢鱼。它已经练成了无敌三脚猫的功夫，上蹿下跳，轻功非常之卓越，常把小麦气得大叫："蒋子明！你又没有看好鱼！"蒋子明很无辜地解释道："它有三条腿，我只有两条，数量上我就完败。"此语让小麦白眼直翻。我跟你们说，不是小麦不给毛团吃鱼，而是你放在盘子里的鱼它不吃，一定要吃抢到的那条，这个土匪的脾性是从哪培养的小麦真是匪夷所思。

由于顿顿吃鱼，毛团基本忘记猫粮是什么味道了，身体越来越硕大，毛色似是抹了油一般锃亮锃亮的。小麦经常点着它的鼻子数落它："你还配做一只猫？再长下去你就变成猪了！ PigPig，你懂么？"

"喵……"

"喵你妹喵。"

如此对话几乎每天都上演一番，蒋子明总在一旁忍俊不禁。生活若像游戏一般可储存进度该有多好，那么小麦和蒋子明大概会把这段岁月储存起来，然后无限重复吧。

17. 石破天惊的秘密

秘密的揭开是在不经意的一天。那天小麦兴起说要包鱿鱼馅的饺子，正在和面的时候蒋子明从身后抱住她，把头埋在她的脖颈里磨蹭了好久呢喃道："小麦，不要丢下我。"

小麦转过身去用扑满面的手拍了拍他的脸笑着打趣："傻瓜，丢下你我给谁包饺子？"

一只海鸟误打误撞地冲进了厨房，随即就是毛团这个二货噼里扑通地追过来，一鸟一猫在厨房里折腾了一圈又跑了出去。小麦和蒋子明相视笑了笑没去理睬，忽然听到"咣当"一声似是什么东西落地的声音，接着"噼里啪啦"地碎开来，毛团这厮不知道又在扑鸟的时候打碎了什么。只这声音是从贮藏室方向传过来的，蒋子明脸色略变了变，随即不语。

小麦拍了拍头："今早去找龙涎香来着，哎呀，早晨煲汤的时候锅沸腾了在报警，我可能没关门。天！毛团不是把你什么传家之宝给打碎了吧？”

说着就往那房间走去，毛团和鸟早已不见踪影，房间里其他东西没碎，只是那尊很普通的断臂维纳斯变成了碎片。让小麦惊讶的是，这尊雕像里面居然盛得是满满的分小塑料袋包装的略有些淡蓝色的白色粉末。

小麦的脑子嗡的一下，过往的一切逐渐清晰起来。为什么蒋子明反复纠结，为什么朱亮会告诉她离蒋子明远一点，为什么Jack会有枪，为什么连国哥都告诉小麦跟着蒋子明连命都会送掉，为什么蒋子明频繁出入缅甸和泰国，为什么他的船岛奢华得令人不可思议……这一切的疑问在这一瞬间都有了答案，这答案其实在小麦的脑海里隐约存在过，只是不敢想也不愿去想。

小麦走过去打开了一袋白色粉末，用手指蘸了一下刚要往嘴里送，被蒋子明强行拉住。

小麦呆呆地站在那里，像个傻瓜。

蒋子明面色铁青，如同石塑。

时间好像在停滞，角落里黄花梨的古朴大钟指针倒转，最初跟蒋子明合二为一时幻觉里出现的大片大片开到荼蘼的花朵终于翻转开真实的面目，狰狞地伸出莫名其妙的爪牙向着小麦，小麦被抓得几近窒息。

几个世纪一样漫长的几分钟后，小麦深吸一口气，尽量冷静地问蒋子明：“毒品？”

“嗯。”

“K粉？”

“……海洛因。”蒋子明闭上眼，像是不忍心说出这个魔鬼般的名字。

“海洛因是这种颜色的么？”小麦捏着手中在阳光下略显蓝色的粉末。

“海洛因因程度不同被分为一号、二号、三号、四号、五号。有人混杂了奶粉、咖啡因、发酵粉或葡萄糖等东西，也有为了割破血管瞬间达到迷幻状态掺杂玻璃粉的，所以颜色或有白或有褐，这种淡蓝色的……纯度高达……99%。因植物的提纯方式远远达不到这个数字，所以一直以来只是用旗下药厂进行化学合成。”

海洛因……海洛因……这个始于德国拜尔公司的基因突变的怪物，正常人听名字就足以魂飞魄散。小麦的父亲是刑警，不止一次地抓捕过毒贩，也不止一次地跟小麦有意或无意地提及这东西摧毁一切的破坏力。纯度高达 99% 的海洛因，还装了整整一个雕像，足可以让成千上万的人家破人亡。

一个念头闪电般划过，小麦转头问蒋子明：“朱亮曾经劝我不要跟你太亲近，说明有人已经在查你了！”

蒋子明点点头：“我早就知道，他们已经盯了我好几年了，只是一直没有找到证据。”

小麦瞪大了眼睛：“你知道还不赶快跑！”

蒋子明苦笑着揽过小麦来：“他们既然盯了我好几年，又怎么会让我跑得出去，你当警察都是吃干饭的？”

小麦叹了口气。是啊，怎么会逃得掉呢。刹那间有种心如死灰的感觉，看到蒋子明就像看到一个极其悲惨的未来，一个无依无靠，甚至注定死亡的未来。小麦并不是怕死，只是害怕没有他的那种孤独，那种孤独如同打入亘古归墟，没有沟通没有交流只有冰冷海水和一望无际的黑暗，沉默得可以让人心在几秒之内崩溃。

小麦蹙起的眉尖让蒋子明心一阵一阵发紧地疼痛。这个女人遇到自己，实在是所托非人，简直是错爱一场。她命中性格决定了她注定在漂泊和折腾，好容易有了一丝一毫的安稳却偏偏被自己拐着进了这么个死角，若是小麦想离开……

"小麦……"蒋子明刚一开口便让小麦捂上了嘴。

"不必劝我离开，我也并不是傻子，从开始到现在自是知道你有多少令人费解之处，今天这状况，我虽意外却并不十分震惊。"

小麦双手缠上蒋子明的腰平静地说："看老天给多少缘分吧，哪怕多在一起一天，也是我们赚到的。"语气那么平淡，好像在说毛团不喜欢吃猫粮一般恬淡，听得蒋子明却是一阵心酸。只想个什么法子能让她开心起来才好。

蒋子明揉了揉小麦的脑袋忽然道："小麦，我晚上给你放烟火看好不好？"

小麦微笑说好。

虽然对蒋子明能变出任何东西都不意外，真正见到时却还是傻了眼。

晚饭过后，正是各家华灯初上之时，船岛与世隔绝看不到外界光景。蒋子明把所有灯光全部熄灭，拉着小麦的手来到海边，朝天上放了一个钻天猴做信号弹。紧接着岸那边传来沉闷的“噼噼啪啪”的声音，转眼便是一片流光溢彩、火树银花。“嗖”“砰”“哗啦呼啦”，一缕缕像瀑布的烟花徐徐飘降，映衬着一方天地辉煌，蒋子明的脸忽明忽灭，好像从童话世界里走出来的小王子。小麦不由得看痴了。烟火，有多美丽，用短暂的生命努力绽放；又有多悲伤，即使用生命绽放过后，人们惊叹的永远是下一个烟火的美丽。自己与蒋子明的爱情，再目眩神迷又如何。思及于此，小麦竟是一点兴致也没有，听那砰砰的声音居然联想到了刑场上的枪声。蒋子明的所作所为足够被枪毙100次了吧，小麦恍惚了一下站不稳差点摔倒。

蒋子明慌忙扶住她：“怎么了？”

小麦强颜欢笑：“没什么，我困了，我们去睡觉吧。”

那一晚小麦倚靠着蒋子明，听他静静地讲那些过往：讲他怎么从一个高材生到一个毒枭的经历，讲他的药厂如何提纯，讲他的下线，讲中间几次在泰国死里逃生，讲他如何用超高的智商设计运毒流程又如何收买人心保全自己。

“其实朱亮跟我是一条绳上的蚂蚱。”蒋子明轻叹了口气，“只要他还在，制衡着我就相对安全。”

“你……能收手不再做了么？”

蒋子明僵了一下抱紧小麦呢喃道：“你不懂的，谈何容易啊。”

小麦没有再说话，翻来覆去，一夜无眠。

谁料想没过多久，便传出了一个令蒋子明措手不及的爆炸性消息：朱亮死了。

自打小麦离开人间都会后，便处于彻底跟那边切断联系的状态。中间只接到过一个电话，是林家隆打过来的，电话那边声音嘈杂，林家隆的声音从那堆乱七八糟的声音边上如幽冥一般传过来。

“小麦，我马上要从香港登机回台湾了，可能我今后跟你见面的机会就少了。我打电话……跟你告个别。”

“……”

“小麦，小麦，他对你好不好。”

“嗯。”

“那我就放心了。小麦，要加油喔！加油幸福！无论发生任何事情都记得有我……小麦，我电话是008869172……”

“好。”

“008869172……要记得喔！”

“嗯。”

小麦几乎可以想象得到林家隆在电话那边的表情，阳光而灿烂；在他说“加油幸福”的时候头一定像孩子一样不住点着，眼神坚定而温暖；小麦色的皮肤、雪白的牙齿、高挺的鼻梁……美好得不像凡间男子。

如天使一般坠落，再如天使一般消失。林家隆，最终还是回到他的世界里去了，又何必记得那几个数字，又何必再打扰他的生活，原本就是两个世界的人啊。有时候真真相濡以沫不如相忘于江湖。对那些真正美好的事物，又何苦拼命拘了在手上。让鱼儿脱水，把鸟儿锁在囚笼，将猛虎豹子关进动物园……那些以爱之名打造的金光闪闪的禁锢说到底，也逃不开监牢二字。放手是种最深沉的珍惜，一如林家隆对小麦，小麦对林家隆。

姑娘们是从不打扰小麦的，像是彼此商议好了一般。那天一早，卓一墨的电话划破了所有宁静。

小麦睡眼惺忪地接了过来，卓一墨只说了四个字就挂了："朱亮死了。"

小麦拥被而坐，晃了晃脖子，呆呆地不吭声。

蒋子明半闭着眼躺着用手在小麦光滑的后背上来回抚摸着问她："心神不宁？"

小麦转头，望着蒋子明的眼神晶晶亮："朱亮死了。"

蒋子明僵了一下，随即恢复常态，低垂眼睑苦笑："嗯，意料之中。走吧，我们去看看。"

朱亮是从S城最高的一座楼上坠落下来的。小麦和蒋子明到场的时候，尸体已经被抬走，地上一滩触目惊心的血迹。用白色的笔勾勒出朱亮死时的姿势很是奇怪，看起来竟是四肢舒展极其夸张的一个状态。警察在周围拉起了警戒线，记者在七嘴八舌地做现场直播：

"本市居民朱亮于今日凌晨5时许于S市地王大厦坠落身亡。据现场警察介绍，朱亮许为抑郁自杀，遗书所留经认证为本人字迹……"

小麦心里的惊骇无法用言语去形容，好像揣了100只兔子随时可以蹦出来。一个从前跟你颇为熟稔的人如今只剩一堆污血，很难想象朱亮是如何从那么高的楼上坠落下来的。初见朱亮时候的一幕一幕重又浮现在眼前，好像一幅幅诡异的画面，被染上黑白色、黑白色，无声又无息。那个白色的人形图案更像是一个魂魄，睁大了眼正瞧着这人世间。

蒋子明在那里眉头紧皱地站着，他仔细地盯着那个白色的人形，脑海里面是朱亮从楼上坠落下来的样子，一定有什么地方不对，一定！

周围人们议论纷纷：“啧啧，真是可惜，好像50岁都不到。”

“做事没积德吧。”

“别瞎说，不是说自杀么，连遗书都留好了，也不知家里有没有孩子。”

…………

小麦不忍心再见再听，回头想找蒋子明，他却忽然不见了。小麦心慌得不得了，又不敢喊，只拼命地东张西望，小麦向人群后面挤：“对不起，让一让，对不起……”

车水马龙，人声嘈杂，哪里还见蒋子明的身影。

小麦被巨大的恐惧压得脑子一片发黑。从发现维纳斯雕像里的秘密后，小麦每次听到尖锐的响声就会联想到枪，看到电视上的警察都会哆嗦，她生怕蒋子明有天忽然就被人带走再也不还回来。而那晚蒋子明说：“只要朱亮还在，制衡着我就相对安全。”

言犹在耳，像个紧箍咒，随时都可能让人痛得要了命，如今朱亮居然死了！那么“只要朱亮还在”的话从此就不必再提了，蒋子明可能随时都有危险。小麦不知道蒋子明跟朱亮之间有何纠葛，但是蒋子明制毒贩毒长达八年之久，能活到现在朱亮估计功不可没。现在他死了……小麦心里涌出极端自私的想法：朱亮死了不足虑，蒋子明可如何是好？现下是怎么？蒋子明会不会在自己不在的时候被警察忽然抓走了？

“蒋子明……”小麦小声呼唤着，都快哭出来了。手腕一紧，转头再望，不是蒋子明却是谁？小麦一步迈回去扑在蒋子明怀里，死死抱着他的腰不撒手。

蒋子明轻吻小麦额头不住道歉：“对不起，小麦，我去地王大厦问了问保安，他恰巧目睹了朱亮临死的那一瞬间。”

小麦睁大了双眼，疑惑地问：“你怀疑他不是自杀？”

蒋子明勾紧嘴角附在小麦耳边轻轻说：“不是怀疑，是确定。”

“这里不方便说话，我们回车上去。”蒋子明拽着小麦到了车上一路狂奔回船岛。

“白笔圈的姿势很奇怪，四肢那么伸展，几乎没有蜷曲。据说法医还没有到现场尸体就被抬走了。跳楼身亡的很少见这种姿势。我去问了保安。”

“他怎么说？”在蒋子明身边的小麦恢复了冷静。

“他说他当时正在亭子里看小说，忽然面前一个黑影闪过，就听“砰”的一声，再出来看的时候吓了个半死。朱亮当场就死了，大概有十几秒的功夫，从太阳穴附近开始出血，我们刚才看到的那一大滩就是。”

“这过程，不能说明朱亮是他杀啊。”小麦追问。

“是不能说明。”蒋子明冷笑道，小麦不寒而栗。

“但是如果我告诉你朱亮是正面朝天四肢伸展地坠楼再配上白笔圈上的人形，你可明白了？”

小麦捂嘴惊呼：“正面朝天？你是说……”

蒋子明点头：“有可能是有人从正面将他推下来或者直接扔下来的。”

小麦脑海里立即闪现出朱亮平日里的音容笑貌，那副模样的朱亮若是活生生被扔下来或推下来该是多么恐怖的一个情景。小麦的心一哆嗦，从内心深处打出来的寒战连带着她的肩膀也一哆嗦。

蒋子明瞥见了小麦的恐惧，转头问她：“怕了？”

小麦点点头，又摇了摇头。

“我怕的倒也不是朱亮的死，我怕的是，他到底是谁弄死的。”

蒋子明颇感玩味地问小麦：“听你这话，倒不像是问我呢，倒像是直接下判断呢。你说说看，你心里，怕的是谁弄死的？”

小麦盯着蒋子明，良久不语。十几分钟的沉默对于行驶在高速路上的两个人来说可能比走完四季的感觉还要久一点。

小麦把手覆在蒋子明握着汽车摇杆的手上，低声说道：“依你的睿智，自是一目了然。若猜得不错，很快就会有人专门负责你的案子。这一次，任你把水趟得有多深也是躲不过了。”

蒋子明反握过小麦的手，似笑非笑不吭声。

小麦偏过头去瞪了他一眼：“你也活该，制毒贩毒简直比杀人越货还可恨。”

蒋子明沉沉叹了口气：“人生没有如果，若我早知还能遇到你……罢了，命数吧。”

小麦把头轻靠在他肩上，仍旧是平平淡淡的语气：“我原本也并不是什么身世清白的女子，你我二人，岂不是人间绝配。你纵入地狱又如何，佛不收你，我陪你一起成魔。”

蒋子明定了定心神，专注开车不再说话。

18. 末路天堂

回船岛后蒋子明开始收拾东西，小麦心绪一片黯然，眼泪几乎就在眼睛里打转，那份深邃的刻骨的悲伤蔓延在每一滴血每一个细胞中。她强打起精神来，她知蒋子明此刻心里也定然跟她一般，难过就像不可逆转的山石压着两个人。

于是小麦抱着肩膀故作轻松地问：“这么快你就要奔向逃亡了？”

蒋子明从嘴角扯出一抹微笑来：“逃得哪门子亡啊，你一直不喜欢这个岛以为我不知道？我带你去四川，那是我出生的地方，结婚了都还没带你度过蜜月呢。”

小麦哈哈笑道：“谁跟你结婚谁又跟你蜜月？就算是蜜月，凭你蒋子明不带我去个什么月球火星之类的度个蜜月？马尔代夫巴厘岛什么的都弱爆了！”

说完小麦就后悔了，蒋子明现在肯定限制出境，自己这话不是存心找堵呢么。蒋子明倒没介意，嘱咐小麦："把毛团带着,还有那一堆给毛团特制的鱼罐头。开车去的一路上，毛团可是吃不到鲜鱼了。"

小麦问蒋子明："临走前，你可能答应我一件事？"

蒋子明见小麦说得郑重，停下收拾东西的手，望着小麦点点头。

小麦一字一句道："把那堆维纳斯雕像里的东西，彻彻底底地烧了。"

小麦把那堆象征罪恶的塑袋装的粉末放在了一个救生小艇上，浇得满满的汽油，然后回到船岛上，点了一支烟，晃着脖子吐烟圈。

蒋子明从后面拥住小麦道："一看你这样子就恍惚回到人间都会，那个女黑社会老大的模样，嚣张得不可一世。"

小麦吸了最后一口，把烟头用个极为帅气的姿势弹了出去。不到一秒钟的工夫,下面的救生艇"轰"的一声就着了，烧断了连着船岛的绳子，随着风吹飘飘忽忽地向海的那边漂过去。火光映红了周边的海平面，浓烟滚滚，几乎能冲到小麦和蒋子明的鼻子里,一片辉煌,只是一片腐烂的辉煌。

蒋子明夸张的"嚯"了一声，随即不语。其实小麦也知道,即使把这些东西烧了也并不能改变什么。只是小麦恨啊，那咬着牙根的恨，若海洛因有灵魂有躯体，小麦定是要把这堆东西挫骨扬灰然后锁住它们的灵魂，让它们永世不得超生。

火光渐行渐远，仿佛刚刚结束的战场，徒留硝烟。

小麦抱过毛团头也不回："走吧，S城，我是再也不回了。"

一路向蜀道奔去。遇过山花烂漫，见过繁星满天，至于青翠葱郁、森林大川、泉水叮咚……均不细数。最无忧无虑的当属毛团，每隔几个小时它就要上蹿下跳喵喵叫，蒋子明问小麦："它要做什么？"

小麦无奈地翻白眼："它要下去玩，它说，它在车里憋得慌。"

蒋子明微笑停车："毛团可真累，出门还得自配个翻译。"

毛团在漫山遍野的黄花中撒野，一会隐没在花丛中，一会露出头来，一会扑蝴蝶一会捉田鼠，像个小傻瓜。

蒋子明扯过小麦来霸道地吻上去。

小麦双手推着他："你……别闹……走开啦……"最近蒋子明也不知道抽了什么风，没时没晌地缠着小麦做爱，且次次都不做任何措施。小麦揣度着，许是蒋子明总不知能不能看到明天的太阳，所以骨子里带着的这一世的欲望不想带到下一世去。人性大抵总是如此，在你预知到前途一片黑暗时，会有种末日狂欢的疯狂。只是小麦，是打定了主意陪蒋子明走到底的，这时节实在不适合再被小生命所困扰。蒋子明不做措施小麦也由他，过后小麦总要求吃事后避孕药，蒋子明也真的乖乖去药店买来给她。但下一次仍坚持如此，小麦颇感困惑不解。

到峨眉山脚的时候是个傍晚，没有夕阳，下着小雨。周围的花草树木被雨水洗刷得清亮亮的，尤其是一团团不知从哪冒出来的紫色杜鹃，随着半山腰的雾气开始蔓延，从隐约能瞧到的紫色至一片白茫茫雾气缭绕。峨眉山清风洞中最后修炼成精的那条白蛇，在跟许仙袒露身份时曾讲："山中岁月容易过，人间上下已千年。"小麦真巴不得就跟蒋子明终生厮守在这个深山老林子里面，白头再黑发，红颜又迟暮，轮回翻转间，已经过了世人嘴里的生生世世。

蒋子明从后备箱拿了把伞出来，回头瞄了眼毛团在睡觉，转身走到小麦那侧的车门帮小麦撑伞道："下车，想什么呢，带你去个地儿。"

小麦挎过蒋子明来懒懒地把头靠在他肩上："我今天累了，可不可以不爬山……"

蒋子明轻轻地挪开了小麦的头："严肃点。"

小麦转脸嗔道："呀，蒋子明，学会装蒜了啊。"

蒋子明一脸肃重，小麦也不由得紧张起来。蒋子明打着伞，一步一步朝峨眉山脚的深处走去。由于下着雨，路面较滑，蒋子明所走的是条几乎看不清楚的小路，树枝横生，野草萋萋。这些植物不断干扰着他们，有的地方仅能容一人通行，蒋子明只好先走在前面，再拉过小麦来。走了大概有小一个钟头，拨开前面遮挡着的树枝，赫然矗立着一座青灰色调为主的古朴雄奇的四合院。气势恢宏壮观、布局严谨，檐下如意斗拱下额浮雕多种彩绘图案，雕有龙凤八仙、双龙戏珠，栩栩如生，看来是取神通广大无所不能的神仙、龙凤至尊至贵之意。

主殿两侧雕刻对联一副，上联为：蜀山俎豆延千秋；下联为：长江渊源来万年。正中央的牌匾上是苍劲有力的四个大字：蒋氏祠堂。小麦一下子就明白了，蒋子明这是带她来宗祠祭拜祖先呢。她从小性格有些混不吝，冷不防这样严肃起来，她心里有种说不清道不明的复杂情感，半为惶恐半为君吧。

祠堂两边是稀稀落落的民宅，看起来也是经过很多年岁月洗礼的了。祠堂就好像一个龙头带领着身后的徒子徒孙。忽而从幽静处传来较清晰的古琴的声音，泛音轻灵清越，散音沉着浑厚，甚至连按音的舒缓凝重都听得一清二楚。余韵袅袅，象外之致的味道竟一时让小麦听呆了，如同一炷香在空中慢慢舞蹈，且实且虚，缭绕而去。

蒋子明牵着小麦的手推开那扇已经斑驳了的大门。“吱呀”一声，像是走进了蒋子明前世今生的全部历史。古琴声音戛然而止，一位骨瘦嶙峋的老者身着青布道袍从最近的一个偏殿走了出来：瘦但是精神矍铄，眼神有上了年纪的浑浊，也透着硬生生的一股子精气神儿，活脱脱一个仙风道骨的神仙模样。许是这峨眉山灵气重，连带着人都沾染了不食人间烟火的气息。

小麦忽然像是想起了什么憋不住乐道：“刚才那曲子可是您弹的？”

老者微笑捋须点头。

小麦哈哈笑着反问：“看您打扮定是修道之人了，怎得思慕红尘弹得一曲安安静静的《良宵引》出来？也不怕太上老君责罚您！”

老者略显意外，大体是没料到小麦能听出曲子来，随即淡然笑道："既是安安静静，也就不责罚了罢。"

蒋子明点头称老者为"三爷"，并赶着小麦也一样叫，小麦顺从地喊了声。

三爷没有吭声，只是定定地盯着蒋子明。蒋子明不介绍小麦也不解释任何，回望着老者，一语不发。

良久，三爷轻轻叹了口气："你决定了？"

蒋子明重重地点了一下头。三爷布满沟壑的脸上忽然涌上一阵清楚的悲伤，他浑浊的眼里忽然滴出泪来，伸手颤抖地拍了拍小麦的肩："小六命数诡异，虽为冤孽，于蒋氏全族，却是恩重如山。姑娘，你好……好……好眼光。"

小麦能感知到老者深沉的悲伤，也明白"小六"指的便是蒋子明；所谓"冤孽"更是洞悉得透彻，若蒋子明是冤孽，那么自己跟蒋子明的情缘岂不是孽上加孽。小麦心里有如被熨斗熨平了几千个褶子，一马平川的知晓和理解。

蒋子明淡淡微笑："怎么三爷也儿女情长起来了，于修道不利。您老收拾下心情，把金律师请过来。"

三爷叹着气颤巍巍地走了。

小麦不解问道："金律师是谁？"

蒋子明没回答，只是温柔而专注地看着小麦，似乎是想把她掰开了揉碎了融进灵魂里。随即牵了小麦来走进祠堂正殿。

里面没有灯光，各种高低烛火闪烁。供桌上依次供奉着从明朝万历年间开始的各位蒋氏的列祖列宗的牌位。正中央的供桌上方有三幅画像，据蒋子明介绍那是祖上出的三位高官，画中之人皆危襟端坐、严肃稳重。

供桌下方摆放着三个蒲团，蒋子明轻轻地双手捧走了一个，把另外两个均匀摆放。然后拽了小麦一人一个跪在画像之前，轻声说道："不肖子孙蒋子明，今日在列祖列宗之前与麦小麦结成夫妇，此间所有祖宗都是见证。"说罢俯身虔诚磕头，双手平放在脑门两侧，整个额头均碰触到青石砖的地面上。回头见小麦跪着不拜，蒋子明说道："我们这个村子有个规矩，在外面办了结婚证的都不能算作是真正的蒋家媳妇，只有进过这个祠堂跪拜过祖宗，才算被真正认可。"小麦低头不语，眼泪在眼眶子里转来转去，强忍着不哭。

蒋子明柔声问道："咱们就此成亲，你也跪下来罢。"

小麦依然默不作声，胸口起伏似在隐忍。

蒋子明低声问道："你是不是觉得我太迂腐了？"

"不，不是。"小麦颤声道，顿了顿，说道："其实我并不好，若在古时候，算是入过娼门，你何苦……"

蒋子明抬手擦掉小麦眼泪，笑道："难道我就是个身世清白的？你怎么还不懂我的心呢！"

小麦抬头望着他，只听他自嘲道："我真愿意时间可以重新来过，在那些罪恶没有发生之前抹掉它们，在必须遇到你的时间遇到你，让我能够好好待你重重爱你。若是不能，若是老天爷只许我再活一天，咱们便做一天夫妻；只许我再活一分钟，咱们就做一分钟的夫妻。"

这话一说出口，小麦身子晃了晃，其实一早就知道如此，但有些事情说穿出来仍然让人心如刀割。其实小麦又何尝不知道，蒋子明一直介意没有给她名分的事情，那一纸结婚证书在蒋子明这种骨子里传统得近似于老学究的男人心中有着别人无法理解的分量。但小麦所不理解的是，为什么蒋子明宁可费尽周折赶到蒋氏祠堂来向祖宗们证明，也不肯花几块钱办个红本本。只是此刻见蒋子明脸色诚恳，目光无限深情，心中便好像掠过千层万层的惊涛骇浪，不知道要如何帮蒋子明分担一些苦楚才好。小麦悲伤的脸上慢慢露出笑靥，眼圈还红着，脸色已是欢喜万分，于是郑重地跟着蒋子明俯身磕头。

两人齐向画像拜倒，均想：也许有天天不容情，但既有此日此时，实在已经是福缘深厚，上天垂怜。过去的繁华痛苦，来日的短命死别，全都不算什么。两个人相视一笑，听蒋子明低声祈祷："愿生生世世，结为夫妇。"小麦也低声道："愿生生世世，结为夫妇。"

小麦瞧着蒋子明垂眉闭目，神色间无限幸福凄苦，心里想着得想个法子哄他开心才好。于是忽然扑哧一笑，蒋子明睁眼问她："笑什么啊？"

小麦正色道："哎，蒋子明，给你讲个真事儿。我一姐妹，总是无缘无故跟男朋友分手，很大年纪了都无法成婚。后来别人给她找了一大师，大师掐指一算告诉她是因为几辈子以前的她的丈夫一直没投胎，就每天跟着她；所以有这鬼丈夫暗中捣乱，姐们才一直孤苦。"

蒋子明似笑非笑地问："你想说什么？"

小麦忍着笑道："嗯……所以生生世世这个誓言吧，还真不能随便许，误鬼误人啊。下辈子你可光明磊落点，别老暗中搅和我的好姻缘！"

蒋子明掐了小麦左脸一下，掐得小麦直咧嘴："我就知道你绕着弯地编排我呢，告诉你麦小麦，誓言都发过了，你生是我的人，死是我的鬼，别说下辈子，你每一辈子都是我的！"

"哎呦……疼！"

祠堂的木门被轻轻地叩响了三下，本在调笑中的蒋子明脸色忽然沉重起来，他拍拍小麦的手对她说："你先出去，我跟金律师有事情要谈。"

小麦点点头，开门时门口站着一个30出头的年轻男人，面皮白净，戴着副眼镜；一米七多的个子，身材适中，穿着朴素寻常，实在看不出有什么可以称之为特别的东西；只是整个人的气质斯斯文文，半点压迫感都没有。他冲小麦微微点头算是打招呼，小麦也回点了个。那人转身就进了祠堂，身后大门"吱呀"一声关上了。

小麦走到院子中央，觉得蒋子明有事情瞒自己甚是奇怪。这个什么金律师也十分诡异，不像聪明绝顶的样子，为什么蒋子明显得格外仰仗于他。并且，最关键的是，这个人小麦从来没有见过，也从未听蒋子明提及，这深山老林的怎会莫名其妙出现一个律师？

小麦直觉蒋子明谈的事情跟自己有关，于是蹑手蹑脚地又回到祠堂门头贴近门缝的地方偷听。蒋子明声音很小且断断续续，那个律师一直没说话，半丝声音都听不到。只听蒋子明道："作鹏，我不这么做，她定是不肯……那么，小麦……就拜托给你了。"

一说到关键的地方，蒋子明的声音就如同蚊子哼哼，根本听不清，但是小麦自己的名字在耳朵中却是十分敏感，小麦顺着门缝向里面望去。

律师一直静静坐在刚才她跪的蒲团上，蒋子明不知道从哪变出一个精致的黑色小箱子交给他，律师收了之后点头不语。蒋子明又低低嘱咐了些什么，那人细细听完拿着那箱东西起身要走，小麦一个踉跄差点摔倒。

蒋子明起身开门见是小麦，松了口气，点头示意金律师离开，转头冲小麦道："什么时候学会偷听墙角了？"

小麦凝视着蒋子明，停顿了一会道："你带我来这里，不仅仅是为了祭拜祖宗，更重要的是为了见这个人，对吗？"

蒋子明不置可否。

小麦哼了一声："你也不必把我托付给谁，我告诉你蒋子明，你别指望我一个人孤孤单单在这个世界上。我是个偏激到极点的女人，没了你，谁照顾我都不成！"

蒋子明揽过小麦的肩膀笑道："好好，知道了，走吧，我们休息一下，明早开始我带你好好地游览蜀地风光。"

第二天一早，蒋子明便带着小麦爬了峨眉山。说是爬，其实是把车开到了半山腰坐缆车上去的。下山的时候，小麦坚持要走下去，其结果就是第二天腿痛得几乎走不了路，蒋子明戏谑地说她像“隔壁脑血栓的王二麻子，两条腿直直地走路”。

峨眉山下来之后直奔乐山，小麦只在船上看了看那尊大佛，并没有下去。来来回回的人在佛上好像蚂蚁，那尊佛经历千年的岁月仍矗立不倒。小麦忽然觉得来人世间走过一遭，若能留下供后人瞻仰的遗迹，才算不虚此行罢。

没等小麦休息过来，蒋子明一路驱车去了西昌。小麦和毛团苦不堪言，小麦笑他：“你这哪是带我旅游，你丫简直是带我投胎。”

其实这时候的蒋子明总觉能多活一刻都是赚的，这念头并不敢对小麦说，只是拿些无关风月的话调笑：“小时候我们总觉得邛海是世界上最大的海了，长大之后才知道连个武汉的东湖都比这大。”

小麦哈哈笑：“这也叫海？它可真会抬举自己。”

蒋子明当晚并没有在邛海住下，而是连续开车五个多小时来到青城山的脚下。

小麦抱着毛团睡得迷迷糊糊，蒋子明推推她：“小猪，起床了，选选宾馆的房间。”

小麦其实是个对生活要求比较糙的女孩，小时候曾经一个人去北京，为了看天安门的升旗铺着报纸在广场上睡了一夜。所以小麦对于房间的要求仅仅是能洗澡可睡觉就圆满了。结果一连挑了五家宾馆蒋子明都摇头不满意，小麦气得坐在车上不理他：“要挑你自己挑吧，找个地儿能睡得了。”

蒋子明认真地说：“我一定要挑选一个你最喜欢的。”

小麦直翻白眼。

一路从青城后山挑到了泰安古镇，停到了一个叫做飞仙客栈的地方。蒋子明独自下了车，跟老板嘀嘀咕咕了半天，最后略带兴奋地来到小麦身边：“下车，这个房间你一定喜欢。原本已经有人预订了的，我出双倍价钱买回来了。”

小麦抱了毛团直打呵欠：“要我说，你就是少爷病，住哪里不一样！”

蒋子明宠溺地笑笑，没再言语。

一进房间，小麦简直被震撼了。全部的家具均由上等的黄花梨制成，椅子是明清式圈椅，上面搁置着明黄颜色的垫子；圈椅旁摆放着一柄大大的玉如意，明黄的穗子低垂；茶几雕龙刻凤，上面有一仿制的青花瓷执壶，祭蓝的釉色纹饰缠枝莲花；旁边有两个一体祭蓝的口盅，瞧样子是用来喝酒的。圈椅右侧是一两人多高的物品展示架，每个格子里都有一仿制古董：仿元代八方形梅瓶、仿赤壁赋的核桃雕刻，甚至还有形神俱似的翡翠白菜……

最醒目的是那张花鸟鱼虫仿古大床，三层黛色帷幔次第开来，第二层帷幔处有两把小型黄花梨的椅子。繁复花纹的木制窗子就在床边，窗外是一条清澈的小溪，再远些就是幽幽的青城山了。

小麦兴奋地扑到房间的大床上：“蒋子明！我收回刚才唠叨的那些话，我喜欢这个房间，谢谢你！”

“你喜欢就好。”蒋子明深深地凝视着小麦淡淡地说，忽然又像想起了什么对小麦说，“你等我一会，我送个礼物给你。”

算起来，跟蒋子明在一起这么久了，他好像还真没正经八百地送过什么礼物给她，这次倒奇了。

正想着，蒋子明抱了一把古琴进来，拿走了桌子上的执壶和口盅，放琴刚刚好。小麦走过去仔细端详了一下那琴，瞬间瞠目结舌。这是一款伏羲式古琴，杉木材质，外表呈紫栗壳色，小龙鳞断纹间杂细密牛毛断，龙池、凤沼系扁长圆形，龙池上方刻有篆书“龙吟长啸”四字。

“你这琴是哪来的？”

“朋友送的。”

小麦瞪圆了眼睛：“胡说，哪个朋友送你这样的琴？这木头分明古旧得很，还有这龙鳞断，不过百年的琴根本不会有断纹！我在船岛也算住了一段时间，怎么都没见过这东西！”

蒋子明勾起嘴角揉了揉小麦的头：“当日里你听得懂那曲《良宵引》，猜你可能略懂些，看样子，你竟是个行家。”

小麦拨开他的手：“你少废话，到底谁送的？”

蒋子明笑道：“那天弹《良宵引》的三爷，当你是高山流水的知音呢，所以送了你了，到底会弹不会？”

小麦撇撇嘴：“高山流水的知音？我看是你逼着人家三爷夺人所爱了罢？”

蒋子明笑而不语。

泰安古镇就在青城后山，这时候不是旅游旺季，人很少，入了夜整个泰安古镇灯火幽幽，到处都是红红的纸灯笼。蒋子明买了两坛猕猴桃的酒，跟小麦两个，也没有用杯子，一人一坛喝了个底儿掉。到底是在夜场里胡混过的，小麦的酒量一坛下去，竟也只是脸色灿若桃花，步履却是一丝不错的。

小麦兴起，端坐在古琴旁对蒋子明说："本是从杭州回来后决意再不唱歌的，今儿改了首曲子，我来唱给你听。"

蒋子明哈哈笑道："你可真有雅兴，好啊，有红颜如此，也不负此生了。"

"铮……"

小麦试了一下琴，叹道："好琴。"

起手弹了一段《忆故人》，起始的泛音过后，有一段反复的揉吟，七弦琴似乎在她手指下呜咽起来，像是一缕似断似续的烟，想要连在一起，但其实已不能，它们绝望地上升，企望在上升中再续前缘。有人慢慢地走进琴声，那是谁的故人？还是古人的故人？琴弦吟哦着，颤动着，蒋子明感觉心就一点一点怅惘起来，然而终究是空落落的。

琴音一转，却是一曲古琴版的《雨碎江南》，小麦分明是改了词的，低低浅浅地唱道：

青城山

雨打芭蕉扇

西厢牵魂绕梦萦思转万千

泰安古镇

灯火倚千年

潇子规落啼不成仙

碧云地

黄叶六七片

湖中涟漪泛圈滴落莲边醉了几世烟

巴蜀天

淡青作舞霓裳裙

薄雾冥带笑看君意

西昌

宛连天

是谁听雨碎了江南

轮回十世琴

换来这滴泪

又凉烟

魂梦归

算了几世悲

桃园垂髫英发弄丝浮生碎

烟雨暮舟

楼台谁独睡

相逢如梦心又思念谁

叹峨眉

掩了芳华醉

竹林独坐弹琴轻轻低吟忘了前世非

长安微

墨色勾勒湖上桂

落花隐去几分似君味

雨碎

湖心醉

打破了巴蜀风的泪

挑手前生琴

奏起今世雨

掬生悴

红豆为谁

早知小麦声音婉转缠绵，谁料竟真真是绕梁三日之音，蒋子明一时之间竟然听得痴了。唱完最后一句，小麦对蒋子明说：“蒋子明，你听着，今天是阴历八月十三，将来若是我们分开了，每年的这一天我都会来这里，在这个房间等你。若是……若是你死了，你的灵魂也要记得来这里。”

蒋子明轻轻地点点头：“小麦，我不习惯说‘爱’这个字，总觉庸俗而无聊，不如就用你唱的这首曲子作替代吧。‘雨碎江南’的意思就是‘我爱你’。”

小麦呵呵笑着，用手臂痴缠住蒋子明的腰：“雨碎……江南……呵呵呵，我也雨碎……江南……”

蒋子明闭目，两滴眼泪悄无声息地落下。他拥住小麦，那猕猴桃酒清冽绵长，后劲开始上来，看红颜醉倒在怀，想半世凄迷疯狂。以为放不下的是名利，牵绊人心的是地位，到头来一场梦醒，痴心一片，惟卿而已。看她笑靥如花，看她眉目如画，纵将来皱纹布满面庞，霜然两鬓，心里的爱恋也定然是稳妥安然。若经岁月沉淀、琐事磨砺，彼此仍充满爱意，那将是怎样光景。呵呵，如今才看透，晚了又如何？终比灰飞之时还懵懂着强。

一夜无眠，一夜无语。

19. 生死别离

谁也没有想到，一语成谶，小麦这一曲竟成了绝唱。

第二天，蒋子明要带小麦爬上青城山顶的老君阁。明明已是日上三竿，小麦却还是懒懒地犯困，这段日子也不知怎么了格外贪睡，算起来每天竟要睡将近 12 个小时的觉还是不够。蒋子明七催八催，小麦才勉强从床上挣扎了起来，却又饿得不得了，一连吃了两笼包子还嫌不够，真真成了猪一样的女子了。

等好容易到了老君阁，小麦口渴要去买水喝，蒋子明也借此时间去下面一点的洗手间。一个蓝布衫满脸沟壑看起来和蔼可亲的老者在一旁卖马蹄汁，见小麦四处找地儿买水喝，便吆喝着自己的生意。小麦见汁水纯净，一元一杯甚是便宜，就买了来一饮而尽。

谁料想瞬间思维就停滞了。其实是被人下了迷药了，整个人恍惚混乱。小时候父母也都曾对你们说过有“拍花的老头”，意思就是用了什么迷药拍一拍小孩的脑袋就跟他走了。后来爆出许多迷奸迷抢的案子，也多跟此类药物有关。

总之蒋子明回来的时候，已经不见小麦。开始蒋子明也并没着急，以为小麦是自己见了什么新奇的东西一时贪看，就在一旁等着。越等越心慌，20 多分钟过去了，蒋子明开始拨打小麦的电话，一遍又一遍“您拨打的电话已关机”。这时候已经确定小麦出事了，蒋子明疯狂地问周围的小贩们有没有见到一个如此这般的女孩子，有的说有印象，有的说没有，谁会留意一个寻常游客的去向呢。

恐慌逐渐蔓延整个身体。蒋子明的心里像有数万只蝗虫掠过，啮咬着每个有可能长出树叶的心里的角落，连树枝都不放过，蝗虫遮天蔽日的声音、抖动翅膀的声音都听得到、感受得到。空气中似乎还有小麦停留过的味道，但就是看不见也摸不着。蒋子明希望自己现在变成一条狗、一条训练有素的警犬，可以嗅着小麦的气味寻到那里，把恶意带走她的人全部咬死一个不留。

冷静，现在最需要的是冷静。蒋子明仔细捋过了一遍与小麦相处的过往：她父亲的债早已经还上，离开人间都会与那些人断联系已久，况小麦走后不断人财路，自是没人再追究这个人在时怎样；以这样突如其来的方式在众目睽睽之下带走小麦，定是周密计划好了的，说不定打从船岛一出来就有人跟着，只苦于一直找不到合适的机会带走小麦。

那么可以断定的是，这人寻仇是冲着自己来的，与小麦无关。蒋子明脖子上青筋直暴：早知如此，即使去厕所也该牵着小麦一块去，过了几天太平日子简直不知道自己是谁了；脑海里一瞬间闪过诸多可能做此极端之事的人，有些线索在想深究的时候却又消失不见。若找到这人，蒋子明吃了他的心都有。

再冷静些。蒋子明点了一支烟，坐在人来人往的老君阁前面，心里不断告诫自己：关心则乱，情切则慌，尽可能不乱不慌才能把事情想清楚，才能把小麦找回来。只是这谈何容易，心简直乱成一团麻，千头万绪理不清，狂躁着的每个细胞都在折磨它们的宿主。

肯定不是警察，他们若无真凭实据，不是现场取证抑或手下吐口，也不敢动自己。退一万步讲，就算伏法，也不可能莫名其妙地把小麦带走。

知道小麦对自己重要性的只有Jack、阿国几个贴身多年的兄弟。Jack忠心耿耿毋庸置疑，阿国对小麦那点心思自己早有察觉，这厮没事弄点猫腻偷些油水还情有可原，绑走小麦这种事在他日日跟小麦在一起后给丫八个胆子也不可能发生。

能是谁呢？到底是谁呢？蒋子明狠狠地咬着烟头。妈的，不管是谁，一定有他想要的东西，敌暗我明，不等也得等。

小麦有意识的时候已经身在一个不知名的房间里。不知道是白天还是黑夜，没有窗子——确切地说是有，但是已经被木板封死；周围十分吵，不断有“咣咣”的巨大的打桩的声音夹杂着电焊尖锐的响声，好像是在一个工厂里面。小麦一听，便死了大声呼救的心；这种地方，就算你喊破喉咙，都不会有人听到。周围有五个男人，看着都不像本地人。两个正在叽里呱啦用不知是什么语言的话聊天，三个在打牌。小麦苦笑：还真是重视，搞这么个房间，又用五个男人看守我。

那两个正聊天的见小麦醒了，用下巴努努示意小麦吃旁边的东西，并用中国话说道："你吃东西，蒋子明把东西交出来就放你走。"话倒是挺溜，但能听出每个字都是不经过拐弯抹角直直地出来，标准的外国人说中国话。

小麦心里转了一千个念头。她端起碗来，乖乖地用筷子扒拉着饭食不知味地吃着，心里却是在盘算。看来，这群人是冲着蒋子明来的，是想要蒋子明拿什么东西来换自己；那么，在蒋子明还没有交出这个东西的时候，自己就是安全的。小麦用手摸了摸兜，手机果然被收走了，用余光瞄了下这些人的装束，很是奇特：布缠裹腰和双腿，纱笼下摆较宽，有点像灯笼裤。从装束和语言，小麦初步断定，这群人来自泰国。头还是晕晕乎乎的，小麦忆起是从喝了那杯马蹄汁后就想不起后来的事情了，看来那老者也是刻意安排的，真是花了好大的心思！

缓过神来，小麦开始害怕了。她知自己此刻暂时没有生命危险，但是其他的就保不准了。更重要的是，蒋子明此刻定然心急如焚，他从洗手间回来发现自己不见了，该是怎样狂躁不安。手机被收走没法联系他告诉他自己现在安全。而这群人要管蒋子明要什么东西也不清楚，若这群人是他的仇家，要用自己来换蒋子明，他也定是肯的；正如角色置换到小麦，小麦也定是毫不犹豫的。到底是，成了他的累赘啊。

小麦的心如烧完了的香，一寸一寸全是灰。整个房间整个氛围带着一股子挥之不去的绝望！

蒋子明在飞仙客栈的那个古香古色的房间里盯着表，一秒一秒地等待着。电话一直死死沉默着，这种沉默几乎可以把人逼疯。毛团似乎觉察到了什么，不安地来来回回蹭着蒋子明的腿，发出“喵呜喵呜”的声音。

终于在凌晨2点15分的时候，期待已久也是恐惧已久的电话响了起来。

“喂。”蒋子明的声音听起来平淡而镇静。

“你的女人在我手上。”

“你想要什么？”

电话那边响起了一阵低低的冷笑：“合作了这么多年了，我想要什么你会不知道么？把你藏起来的那批货给我，每晚一天，我就剁她一个手指头。”

蒋子明哆嗦了一下，那批货早让小麦放船烧了，现在就是想拿也拿不出来。他深吸了口气，点了支烟，冷哼了一声：“道辉，我的脾性你最了解，威胁我是什么下场你也知道。”

“呵呵……从前我知道，现在我不知道我还知不知道，我的话说完了，你自己看着办吧。”说完就是想挂电话的意思。

蒋子明不咸不淡地回了一句："我们一直都算合作得不错，这几个月我只是累了，想找个妞谈个情说个爱，你怎么就急成这样？"

"别跟我扯没用的，朱亮死了，你费尽心机地在中国编织的那些关系网，此刻也不中用了吧？找妞谈情？你这情谈得大发了点儿，怎么为了美人江山都不要了？你不要江山我要，我知道你存了一批蓝货，少废话，否则你就等着替她收尸吧。"

蒋子明脑子"嗡"地一下，心下明白这回完了。这段日子光跟小麦缠缠绵绵，压根就把道辉这个人忘得一干二净。他敢这么做，自然是把一切都了解详细才出手的。他了解道辉就如同道辉了解他。现在小麦命悬一线，这个人什么手段，蒋子明一清二楚。

"你想要货，可以跟我好好谈，绑了我的人，我怎么心甘情愿给你货？莫非你想不给钱，道辉，这不太合规矩吧？"

"蒋子明，你能多活一天都是赚的，难不成等到警察抓了你白白缴了那批东西？"

蒋子明心里叹了口气，果然。

"我得知道小麦是活的。"

"嘟……"电话挂断了。

蒋子明把毛团抱了起来，静默不语。心下凄凉，如秋风扫过的最后的落叶，孤零零地飘落在世间。自己制订了详细而周密的计划护佑小麦，却百密一疏漏掉了这一劫，人算，终究比不得天算啊。那个傻姑娘，是打定了主意跟自己同生共死的；而她并不懂得，人这一辈子很长，情深不寿，相思刻骨，都会随着时间慢慢转移、淡化。若是十年之后、二十年之后，小麦能够坦然面对失去自己，坦然面对这曾经走过电火石光般的相恋岁月，白白送掉了性命，岂不让人可惜可叹？现下这话，劝给小麦这个岁数的女孩子听，她定然是不听的。只是蒋子明活到现在已经是个奇迹，遇到小麦更是奇迹中的奇迹。如道辉所说，每活一天，都是赚来的。只是小麦，今生无缘，只得来世再续了；那日里在蒋氏宗祠里许下的“生生世世结为夫妇”的诺言，也请在过奈何桥的时候少喝一点，我在桥的那边再等你几十年罢。

思及于此，反而无比平静。

蒋子明打了一个电话。

“作鹏你好……开始吧……”

“您确定她……？”

“嗯，那日我使了手段试过了，只是这个迷糊的丫头自己还不知道呢。”

“好，我知道了。用不用我再……”

蒋子明哈哈笑道：“不必了……我的事儿，死一百回都有了。还拜托你一件事，Jack 和阿国，能保命就行。”

“……好……您保重。”

凌晨 4 点，尖锐的电话铃声又一次刺破房间，正在蒋子明腿上熟睡的毛团一瑟缩，“噌”地一下跳到地上。

是个没有显示的电话。

“喂。”蒋子明的声音不悲不喜。

电话那头传来小麦的声音：“蒋子明，我很好，不管他们要你做什么，你别……”

听声音是被人捂了嘴。蒋子明闭上眼睛，心里一块石头落了地，他轻轻地抚摸着电话听筒的地方，就像小麦还在身边。小麦，小麦，你还活着，我便了无遗憾了。

“她，活着，东西，给我们。”

“好，时间地点你们定。但是小麦若少了一根头发，要你们全部陪葬。”

挂断电话后，蒋子明用了另一个手机——刚才给律师打电话的那个，拨了三个数字“110”。

“麻烦告诉S城公安局长，我是蒋子明，让他加派人手马上飞到青城山来。还有一句要紧话，在我的好朋友麦小麦的劝说下，我选择自首。”

说完便把这卡撕了。

蒋子明的心，平静而温和。如果羽翼没有那么长，只护住小麦一人即可。走到今天，不需怨天尤人，结局其实是由一些看似微不足道的事情决定的，可是人们都对这些事不以为意。这一点与河流的源头很相似，开始只是些微微的细流，但其实那是势不可挡洪流的开始；一旦被卷入这命运的洪流，最终将无法逆转。

初见小麦的一幕一幕重又浮现在眼前，那副一如既往的倔强、昂得高高的面庞，手里握紧的酒瓶子居然还真想砸下去呢……有多少次拥她入怀，百炼钢均化为绕指柔。

“蒋子明，你听着，今天是阴历八月十三，将来若是我们分开了，每年的这一天我都会来这里，在这个房间等你。若是……若是你死了，你的灵魂也要记得来这里。”

人死之后是否真有灵魂一说，他但愿有，至少还可以记得每年的这个日子。纵阴阳相隔，在两个世界的人，日日相思不相见，但彼此安好也是好的。爱一个人，最好的状态当然是在一起，若无法在一起，最大的心愿便是她过得幸福。拼得一身气力，舍得最后一丝呼吸，在所不惜。

蒋子明微微笑，夜未央。

S 城的警方接到电话后当天就出动了，联合四川警方，派了 20 多辆车。几乎蒋子明走过一个路口便换一辆车，生怕打了草惊了蛇。

道辉的手下换了好多次时间地点，最终定在了新津野外一个专门吃鱼的农家院里，四周都荒无人烟，他们把整个院子包了下来。S 城与四川那边派了上百名特警，此刻也都没法再跟了，只得远远包围着。趁蒋子明与他们磨磨蹭蹭拖延时间的机会，警方在几处树荫茂密的地方安排了狙击手。

“东西！”

蒋子明冷哼道：“我得先见人。”

五个男人均拿枪对着蒋子明。

“这里是中国，不是你们的地界，你们杀不了我。”

五个人商量了一会对蒋子明说：“一手交人，一手交货。”

蒋子明笑道："嗯，这就对了。在中国境内我不想发生任何一起命案，何况你们手里都有枪，我也不想折损了我的兄弟。"

其中一个走向离这不远处的白色货车，把小麦嘴上的封条撕掉，拎着她来到蒋子明面前。电火石光之间当真有恍若隔世的感觉，蒋子明牢牢盯着小麦，像是要把她的样子狠狠记住。下一秒，下一秒也许就再也看不到了。

一见小麦，蒋子明有些坐不住了，站起来就想把小麦扯过来，却被人拿枪顶住："东西！"

小麦倔强地咬着牙不吭声，几天没见，这两个人都瘦了。

蒋子明急促地呼吸着："数 1、2、3，我推箱子你推人。"

"1、2、3……"蒋子明扯过小麦到身后，推手中箱子过去，随即对他们说，"现在我们每个人都被中国警方的狙击手瞄准着。你们罪不至死，现在若掏出枪来打死我，活着的就只有我身后的这个；若是缴械投降，死的就只有我一个。当然，能不能捉住道辉，要看泰国警方的运气了。"

小麦捂嘴惊呼："蒋子明！你让开！"小麦心里好像缠了千万个线头，求解无方，又好像被抛进寂寞的深海，求出无门。她心里只想着，无论生死不想让蒋子明一个人。

蒋子明死死扯着小麦胳膊把她护在身后。道辉千算万算算不到蒋子明会自投罗网，用警方的力量救小麦。他以为人总是想活的，一时半会抓不住蒋子明的证据，他就还有一线生机；这种鱼死网破为一个女人的，依他的价值观无论如何也无法理解。

能有一分钟的时间在沉默，只有小麦一个人在拼命挣扎。

狙击手看得莫名其妙，向上级请示要不要开枪，得到的回应是“再等等”。

好像一个世纪那么久，那五个人把枪扔在了地上，高举双手过头顶。蒋子明松了一口气，回身紧紧抱住小麦。小麦的眼泪这当口才流下来：“蒋子明，你休想丢下我一个人，我们说好了……说好了生生世世做夫妻的……”

蒋子明心酸地笑笑，生生世世做夫妻……相爱之人何时何地都会产生妄念。警察们正在迅速包围，高喊着让蒋子明和小麦举起手来。

蒋子明按住小麦的肩膀，深深地……最后一次地凝望她，带着爱和不舍，带着愧疚和遗憾：“小麦，没时间了，你会跟我一块进去，但不久你就会被律师申请保外。为了我们的孩子，你好好活下去！”

小麦泣不成声：“蒋子明……你这个大骗子……说好了的……说好了的……”

“少废话，一起带走！”

小麦和蒋子明同时被戴上了手铐。这一瞬间，所有的坚强、倔强统统瓦解，此时此地小麦只是个毫无理智的女人。她不想要江山，不想要权力，不想要金山银山，只想要面前的这个男人，甚至不想要和他在一起。只要他，活着，活着就好。

小麦哭喊的声音令人肝肠寸断：“蒋子明！你这个大骗子！！！”

蒋子明冲她微微笑，用口型做了四个字，小麦睁大模糊的泪眼看得到，那四个字是“雨碎江南”。

蒋子明和小麦自此，终生，未曾再有机会见上一面。

20. 尾 声

小麦只在看守所里待了一周便被保释了出来。蒋子明在那晚给金律师拨打的一次也是唯一一次电话，而小麦的后半生已经在那个黑色的小箱子里交代清楚。

小麦只花了不到半个小时就想明白了前因后果。为什么蒋子明那段日子没日没夜缠着自己做爱并且不做措施，为什么频频吃了避孕药后也没有生理周期，为什么最近屡屡犯困、胃口大得惊人……原来一切的一切都是蒋子明算计好的。而S城公安局长会觉此事大为棘手，派人跟了蒋子明那么多时日，自然明白小麦知晓蒋子明多少秘密，而连这也在蒋子明的算计之中。包庇毒枭，可是不小的罪名，如此震惊中外的案子，知情不举就够判个重刑的。

小麦从看守所里出来的那天已经入冬，S城仍然阳光明媚。那位神秘的律师微笑地接过小麦，轻轻对她说：“你好。”

小麦像一个没有灵魂的走兽，呆呆地点点头。原来这世间情爱，当真是没有比有更好些，以免那些过往掰开了揉碎了融在血液里面日日折磨。蒋子明真心狠毒，让小麦求生不能，求死不得。但若问起她悔么？我想，她还是会静静地思考一会，然后告诉你们，此生，只有遗憾，却并无后悔。若时间重新来过，那一遍跟蒋子明的路也是要重新再走一遍。

小麦有时候也在想，要是跟蒋子明做对平凡夫妻，这中间没有那么多阴郁诡异的波折、没有那么多匪夷所思的枝节，也许那爱情就会随着时间的消磨、随着柴米油盐的琐碎、随着朝朝暮暮的审美疲劳变得没有那么多光芒四射的美好，也许会变成恩情、也许会分道扬镳、也许会相见陌路，甚至会反目成仇，只是现在，没有也许。蒋子明来人世间一遭，取走了小麦全部的灵魂；纵将来守在另一个人身边过日子，也争不过心里满满的永远完不成的爱。

金律师当天就选择跟小麦办理了结婚手续。此后他投大价钱创设连锁的面店，原本小麦起名叫做"蒋董的店"，后经金律师估算不妥，怕太招摇引人注意，索性取谐音改为"贾董的面"，旗下品牌"iNoodle"和"Just Noodle"经几年时间已经开到了海外。

后来，麦小麦这个人消失在了众人的视野中，静得像从没有出现过。前尘过往一并烟消云散。

再后来，小麦听到了许多传说，关于蒋子明、关于作鹏。很多蒋子明的过往从作鹏的一句半句里如此清晰明了，这两个人有着很深、很深的牵连。

再后来，作鹏跟小麦办理了离婚手续，把所有财产过户给她。小麦生活自是绝对富足，只是这心，却再也不曾鲜活起来过。

阴历八月十三，青城山那间客栈的房间里。

“思茗！别扯着毛团玩了，她老了，每天要多多睡觉才好。”

一个粉雕玉琢的小女孩不服气地嘟了嘟嘴，回头冲小麦说了一句：“金爸爸说了，毛团老了，要多活动才健康。”

小麦笑道：“胡说，你现在最会拿你金爸爸的话来搪塞我。”

小女孩爬在黄花梨的圈椅上，把头靠在小麦腿上：“妈咪，你弹琴唱歌给我听罢。”

小麦点点头，那把龙吟的古琴就在桌子上。小麦轻轻唱起那首改了的《雨碎江南》。

西昌

宛连天

是谁听雨碎了江南

轮回十世琴

换来这滴泪

又凉烟

魂梦归

算了几世悲

桃园垂髫英发弄丝浮生碎

烟雨暮舟

楼台谁独睡

相逢如梦心又思念谁

叹峨眉

掩了芳华醉

竹林独坐弹琴轻轻低吟忘了前世非

一阵风过，吹熄了龙凤烛，小麦搂过思茗，心里轻轻问道：“是你，回来了吗？”

网上留言

2010年，《烟味，至爱》登陆天涯，50天内就引来200万的点击量以及15000多条温暖真挚的留言。三年来，粉丝群“烟串子”早已成为相依相伴的一家人。2013年，《烟味，至爱2》如约归来，数十万烟串子日夜守候、期盼更新，近20000条留言字字肺腑、感人至深！

三年前，一个花场的故事，那个叫孟串儿的女孩儿，呈现给我们一个奢靡的世界和一段纠葛的伤情。三年后，一个夜场的故事，这个叫小麦的女孩儿，带我们窥探一个糜灭的世界和一段不世之情。

人的一生，有一份刻骨铭心，便已是奢侈。有的人，出现在自己生命之中，便是一个结，亦是一个劫。韶华倾驻，思颜难改，剪碎的记忆，扎根泥土，而又慢慢发芽。一段铭刻的感情，也因为最初的绝望而变得轰轰烈烈、缠绵悱恻，无论悲伤苦痛，仍愿盟记三生。

无论是孟串儿、麦小麦，还是生活中真实的串儿姐，那种聪明狡黠的智慧、对朋友的义气，仍让很多人望尘莫及。她就是这样一个人，一个为了朋友、家人、爱人而义无反顾的人。这个世界有白有黑，也有中间的灰，无人界定何人的对与错。爱了，那便无怨无悔，无论这份感情是常人眼中的不解，还是不容于世的邪魔。爱是什么？是三年前你已放下的伤痛，还是三年后你仍挂牵的情怀？

几度烟雨，缠满悱恻。一杯酒、一世情，轻弹箜篌何处寄哀愁。

雨扫深春，缠萦醉梦。一双人，一杯酒，寂寞胡同深春风雨骤。

七月

我对骄傲放肆的女子有着一种异乎寻常的热爱，比如孟串儿、麦小麦，抑或至爱烟味本人。那种骄傲带着接地气却不媚俗的高贵，那种放肆带着旁若无人却知晓分寸的潇洒，一如在荆棘里盛开的野玫瑰，浑身带刺，却从不主动扎伤小心呵护她们的人。

这是个传奇般的女子，注定了只有传奇般的男子才配得起她的满腔热情与温柔。这个男子，不需要家财万贯，不需要一掷千金，不需要权倾天下，只需要一双鹰一样的眼和一双火焰一样的手，穿透小麦坚硬的盔甲，看透她纯粹柔软的魂灵，拥抱她单薄却倔强的身躯，温暖她被生活冻结成冰的心。

但传奇终究只是瞬间耀眼，灿烂之前不相逢，盛放之后是匿迹。爱得越是天雷地火，收尾的一刹那便越是惨烈。爱得惊天动地，痛得肝肠寸断，哭得撕心裂肺。他们都是在尘俗中被命运摔打也颠覆命运的人，却也是离凡俗幸福最遥远的人。终究是幸福的吧，也拥有了最美的一段传奇。

那个人，是勾走了自己心魄的爱人；那个梦，是自己毕生追寻的美梦；那个爱，是再也无法复制无法企及的爱……完美至此，已足够终此一生都笑着落泪，哭着感恩。

安妮

请问是不是每一段无怨无悔的爱情都要以悲情开头、以悲情结尾，才算爱过？算了几世悲，楼台却又终是独睡？相逢如梦，总思念，为了那个谁。一阵风吹过，你问，是你回来了吗？我拾起一片银杏树叶，抬眼看天。小麦，怎么看，你都是幸福的，你来这一世，你渡了他，他渡了你。来了小小丫头，陪你继续。

上一次，你爱得粉身碎骨全不顾；这一次，你爱得更加不顾。成熟就是经历了痛苦之后，会心怀感恩，不后悔，不痛苦，不喋喋不休，只默默地承认自己的幸运，幸运地经历完了那些磨难，自己依然身心俱全。而你，兰心蕙质，结子留念，弹琴唱歌，任它雨碎江南。因这一次，是他，粉身碎骨。

小麦，我可以替你说这样一段话么：自从第一次见到你，我就没有一天不想你；自从与你分别，我就没有一天敢去想你；曾经甜蜜相守，却总不能长相厮守。以后每年清明的雨，都淹没不了你的眼泪纷纷。寂静长夜，你会拎一瓶酒躲在雨里嚎啕大哭么？没法化解你心底那缠绕不休的哀愁吧？

那么，不要难过了，青城山下的那间客栈，就在轻声吟唱中翻过一世，忘了吧。

飞云过尽，归鸿无信，情深处，燕子低飞，为谁徘徊。

雪莲

在这个世界上，女人是怎样一种存在？爱情又是怎样一种存在？两者恐怕像是生活这碗饭里的面和卤：刚盛出时，面与卤清楚分明，等你调匀后才发现面与卤早已纠缠不休。若现世安稳，这碗面吃得香甜可口；若生活悲苦，这碗面则味同嚼蜡。

大凡小说里的女人遇见爱情，必极尽缠绵，演绎尽世间我们能想象到的所有美好。可《烟味，至爱2》里，小麦那看似轰轰烈烈的爱情燃烧完后却只留下深深的苍凉。从筹钱救父、意气为友，直至义无反顾抛却一切跟随深爱的男人……哪怕明知美好如梦幻泡影，小麦却一直不知疲倦地付出，用瘦弱的肩膀承担起对于家、信任、友情、爱情的全部责任。我怀疑她的身体里是否藏着一个给她不竭动力和韧性的江河源头？！

爱情如果普通，就是柴米油盐酱醋茶，用所有的滋味浸润生活；爱情如果震撼，必是要赌上生生世世去换取，用以后每一秒的时间来纪念。就像《泰坦尼克号》里，杰克取走了Rose的灵魂一样，余生她都把杰克安放心底，只有在回忆里脸上才会闪现出他们相爱时的光芒。

如果有一年你风华正茂，遇见了爱情，请记住这个珍珠般的故事，好好珍藏！

你家的宝宝

男人爱你，是因为你有让神仙动容的美貌；女人爱你，是因为你自强不息、独立不羁；男人女人都爱你，是因为你不留退路、决绝坦荡的爱情让我们痛断肝肠！

从你的爱情里，我们找到了痴情、多情、做梦的自己……在你的故事里，我们甜蜜、哀伤、疯狂、绝望……但最可贵的是，你让我们学会了独立、坚强、隐忍和无私。你给予我们的比故事精彩，比人生复杂，比爱情陶醉，比友谊温暖。

命运弄人。我多么希望美丽骄傲纯情的你，在最初的日子里就遇到那个值得托付终身的男人，和他结同心，长相依，生死不离，笑傲江湖，生儿育女，过着神仙般的日子！可是，那样的你虽然温和雍容却未免被流俗的红尘淹没，那样平淡幸福的人生也未免过于波澜不惊。如今，我只想这样祝福你：只有经历过所有伤痛，才能成就这个无比动人的姑娘，才能成就海角天涯的我们相遇、相知、相思、相聚！

一个新烟串儿

你道此书因何而起，说来虽近荒唐，细品颇有趣味。

却说千百年前一块顽石忽动凡心，经一僧一道点化相携来红尘俗世间历练了一遭，离合悲欢，兴衰际遇，无限心酸，感慨了多少世人。倏忽间若许年过去，那顽石灵台间尚有一丝冥固，需得机缘再到人间，以成正果。说巧不巧，南赡部洲近来诸多奇人异事，恰为良机，何处可媲大观园，远在海角，近在天涯是也。

前尘往事中那些女子，为报往世恩缘，悉来相会，琴瑟共鸣，再谱一曲摧肝裂胆、千回百转的千古绝唱。那顽石曾言：女儿是水做的骨肉，男儿是泥做的骨肉，再不肯化身须眉定要女儿身，你瞧它摇身一变，施施然一窈窕女子轻轻走来。诸君细看，此女十分灵性，九分侠气，八分痴情，七分担当，六分明媚，五分沧桑，往之通灵宝玉，今之串儿，亦麦小麦是也。至于小麦今世痴缠浮沉，请诸君尽情到书中一览。

那一望的慈悲

盼了那么久，《烟味，至爱2》终于在年三十悄悄拉开了序幕。错过了精彩的开场，却不舍得错过接下来的每一出戏。担心麦小麦，揣摩卓一墨，花痴林家隆，心动蒋子明……每一个人都那么生动、让人着迷。

小麦刚刚出场就让大家揪住了心。生活这个赤裸裸的债主让小麦这个初入社会的女孩经历了常人看不到的黑暗，她的命运会怎样发展？刚从虎口逃脱，又来到了人间炼狱。为了家人，小麦只身一人来到这个险恶都会，可你在她的身上却看不到一丝柔弱。由最初的锋芒初露到后来的游刃有余，不得不说小麦的血液里有股天生的斗志。为报彩虹救命之恩，小麦担起了重任。舍命图报、至情至义在她看来或许是天经地义的事。

说它为文字盛宴也不为过，跟着小麦从单纯到凌厉，就像自己经历了一场异样的人生。繁华褪尽，你还是原来那个你，可正是这样的你让我们如此念念不忘！

小兔菟

自从邂逅了《烟味，至爱》，便迷醉于阿姐的袅袅烟香里，无以自拔！

孟串儿最后只留给我几个词：钦佩、怜惜、感动和羡慕。钦佩她为爱痴心无怨追随，也钦佩她为被爱侠骨仗义；怜惜她为情所伤的凄楚绝美，也怜惜她于红尘滚滚之中违心背志的勾心斗角；感动她对世事洞若观火却至情至性，捧出一颗心、为换一片情而毫不犹疑；羡慕她的如花美貌，也羡慕她水墨画般淡雅疏离的文笔，更羡慕她为才华横溢的众多男子所钦慕！而这所有的一切，又成就了一个麦小麦——另一个让人疼惜到骨子里血肉中的倾城女子！这两个女子虽有两个名字，却有着同一颗心。串儿为偿还精英的情义不顾安危闯荡杭城，小麦为报答彩虹的救命之恩舍身留下，她们在圈子里挣扎滚打更多是为着那份情义！

让我们都好好的吧！就像海子说的那样：愿我们有一个灿烂的前程，愿我们有情人终成眷属，愿我们在尘世获得幸福！

小嫕狐

当年的串儿也好，如今的麦小麦也好，就是这样一个女子，轻易地令每一个听到她、见到她、感受到她的人，情不自禁地喜欢她、心疼她、钦佩她。

灯红酒绿的奢华与迷乱中，有这样一个花样女孩：她单纯善良，却被现实磨练成一个天不怕地不怕的巾帼；她柔弱无助，却为了保护自己的姐妹甘愿出生入死；她涂荧光蓝眼影与粉紫色唇彩，着红色高跟鞋与黑色晚礼服，混迹于一个纸醉金迷处处惊险却不乏真情的别样江湖；她锋芒暗敛，浑身是刺，倔强执着，像一只小小的刺猬，内心却晶莹脆弱如玻璃娃娃；她冰雪聪慧，至情至性，却始终逃不脱情关的劫难。这个女子，如罂粟花般妖艳灿烂，又如菟丝花般柔弱动人，令人忍不住遐思，忍不住追随，她就是串儿，就是麦小麦……

潇潇雨梧桐

2011年3月，在《烟味，至爱》发表快一周年的时候，我看到了这个帖子，也看到了孟串儿的至情至性：为自己爱的人义无反顾，为爱自己的人侠肝义胆，谁说只有在金庸和古龙的小说里才会有这样的人儿呢？

很多人说，《烟味，至爱》里最好看的便是孟串儿那轰轰烈烈的爱情。也有人说，看这本小说，就像在看一本娱乐圈的“潜规则”手册。但让我感触最深的是，孟串儿带着一帮姐妹在杭州的那些日子，看似风光无限，实则蕴藏着让人难以想象的危险和算计。如若没有她的从容应付，那将是怎样的结果！

《烟味，至爱2》里，如果不是因为父亲，小麦不会再次踏入虎穴，开始一段更传奇的故事。小麦执拗的个性让蒋子明对她又爱又恨；由于她的与众不同，让一墨对她的爱护差点酿成大祸；为了彩虹的情义，她不得不担当起重任，苦苦拼杀。亲情、友情、爱情在其中表现得淋漓尽致。

希望《烟味，至爱3》里，女主人公能与那个让她心动的人演绎一场风花雪月般的美好爱情，她将只是一个幸福的女人，再无其他。

安琪

孟串儿和麦小麦，多希望她只是平常家的小女儿，想笑就大声笑，想哭就大声哭，笑的时候有人跟着一起开心，哭的时候有肩膀靠、有人帮着擦眼泪；多希望她无忧无虑地生活着，直至找到她的良人，百般疼爱她；多希望她能得一心人，包容着她所有的小脾气、小任性，陪着她慢慢变老。

对于深爱孟串儿和麦小麦的人来说，这份爱是幸运，也是不幸。孟串儿的爱决绝、热烈、坚韧、唯一。精英爱了她，却黯然离场；至于肖默然，正如他的名字一般，串儿最后对他也只剩下默然不语。麦小麦的爱，从开始的不确定到后来的坚定，小麦的表白已经说明了一切：“不问过去，即使没有将来，我只要你现在跟我在一起。爱一场，没名没分我不介意，无权无钱我不在乎，是生是死我都陪你。”任是铁石心肠的人听了这话，怕也会动容吧。爱情是盲目的，爱情中的孟串儿和麦小麦一样，任那爱的路上是油锅是刀山，她都能坚强地走过，就好似扑火的飞蛾，明知会葬身火海却依旧义无反顾。

只希望现在远在欧洲的姐能远离喧嚣，行到水穷处，坐看云起时。待到你归来，定有机会陪你笑醉三千场！

帮我起个名儿吧

《烟1》里的孟串儿，为一个“恩”字只身前往龙潭虎穴，她巧笑嫣然、心思缜密，巧妙与对手周旋，为姐妹们保驾护航；她豪情万丈、义薄云天、以纤弱身躯背负重担，从不畏艰难险阻；她为一个“情”字放低身段，全情付出，敢爱敢恨……她的种种让人不禁泪湿双目，发自内心地想要宠爱她。

《烟2》里的小麦则上演了现代版的“卖身救父”。对于父亲，虽哀其不幸怒其不争，却毅然选择报答养育之恩，试问有多少同龄人能做到？世间美女并不少，可谁有如此惊心动魄之美与不食人间烟火之气？谁在拥有如此真性情的同时却又八面玲珑？她的智商和情商都让人望尘莫及，真真是颜色不一样的烟火。

断肠417

或许是生错了年代与性别，麦小麦（孟串儿）注定没有名正言顺的厮杀战场，一如好莱坞的英雄们，平日的生活或潦倒平庸，或无所事事，或如你我一样在生存的丛林里来来往往、寻寻觅觅。开启英雄壮举的钥匙通常是邪恶势力笼罩世界，麦小麦（孟串儿）的历险之旅却总是由情发起，杭州是友情，这次是亲情。

深圳的麦小麦一如既往地莽撞倔强，一如既往地无畏生死，也一如既往地履险如夷。如同好莱坞的英雄们一样，麦小麦的人格魅力使她于所到之处总是大受欢迎；纵有困惑，转角处总有不起眼的小人物指点迷津，危险时刻更是会有贵人相助，不会让她一个人去战斗。她行得坦然，我们看得安然，对这样的女子，我们有什么好担心的呢？

当亲情、友情的故事完结，我们不禁又有了新的期待：为爱情，也为《烟味，至爱3》。

czc0512

从2010到2013年，从《烟1》到《烟2》，等待了三年。终于在年三十的下午，麦小麦于千呼万唤中带着轻轻浅浅的笑意、盈盈款款地走来。那一刻，天地万物化为虚无，心中只有梦一样的麦小麦。不同于孟串儿，小麦的出场如此令人牵肠挂肚：从替父还债到孤身涉险，从玲姐出事到彩虹惨死……好多时候，我竟连梦里都是倔强的小麦。从此，故事不再是故事，现实不再是现实。

从来不曾这样喜欢一个女子。开始的开始，我为你着迷疯狂；后来的后来，你给予我无限的正能量。因为你，心灵从此不再孤单。如果还有来生，我不奢求更多，只要遇见你就好。

百合

图书在版编目（CIP）数据

烟味，至爱 .2 / 至爱烟味著 .-- 北京：九州出版社，2013.3

ISBN 978-7-5108-2046-5

Ⅰ. ①烟… Ⅱ. ①至… Ⅲ. ①长篇小说－中国－当代 Ⅳ. ① I247.5

中国版本图书馆 CIP 数据核字（2013）第 061947 号

烟味，至爱 2

作　　者　至爱烟味　著
出版发行　九州出版社
出 版 人　黄宪华
地　　址　北京市西城区阜外大街甲 35 号（100037）
发行电话　（010）68992190/2/3/5/6
网　　址　www.jiuzhoupress.com
电子信箱　jiuzhou@jiuzhoupress.com
印　　刷　北京金瀑印刷有限责任公司
开　　本　889 毫米 ×1194 毫米　32 开
印　　张　7.25
字　　数　120 千字
版　　次　2013 年 5 月第 1 版
印　　次　2013 年 5 月第 1 次印刷
书　　号　ISBN 978-7-5108-2046-5
定　　价　28.80 元